吸血鬼と呪いの古城

赤川次郎

社文庫

イラストレーション／ホラグチカヨ
目次デザイン／川谷デザイン

吸血鬼と呪いの古城

CONTENTS

吸血鬼と呪いの古城

吸血鬼も夢をみる

夢で会った子

亜紀《あき》は大欠伸《おおあくび》をした。

一緒にいた友だちの邦代《くによ》が笑って、

「亜紀、どうしたの？　そんなに寝不足？」

「あ、ごめん……」

と、亜紀はちょっと頭を振って、

「ゆうべ、ちょっと……」

「夜ふかし？　へえ、亜紀も男と遊んでるんだ」

「ちょっと！　違うわよ、そんなんじゃないって」

「分かってる。からかっただけよ」

邦代は冷たいシェークを飲みながら、

「さ、そろそろお昼にする？」

——矢野《やの》亜紀と、親友の梓《あずさ》邦代は、学校が試験の後の休みで、遊園地へやってきた。

二人は私立のK学園高校二年生の十七歳。いつもは堅苦しい制服だが、今日は大分はじけた格好をしている。

平日なので、人出はそう多くない。園内をブラブラ歩いて気持ちのいい青空である。

「チーズバーガーでいいよ」

と、亜紀は言った。

「うん！　そうしよう」

邦代がチーズバーガーを大好きで、亜紀もそれを知っているからそう言ったのである。

トレイにチーズバーガーと飲み物をのせて、二人は表のテーブルについた。

食べながら、亜紀が言った。

「ゆうべ、怖い夢見てさ、何度も起きたの」

「へえ。どんな夢？」

「何だか……暗い道を歩いててね。見たことのない道なんだけど……」

「男に襲われた？」

「そうじゃないの。――女の子が一人で歩いてるのに会ってね。小さな女の子なの。七つか八つかなあ。凄く可愛い、ポチャッとした子で、白いドレスみたいな服着てて……」

「知らない子？」

「見たことない。その子がどんどん先に歩いてっちゃうのね。私、のんびり歩いてたら……。女の子の頭上から、突然怪獣が――」

「怪獣？　何、それ？」

「よく分かんないよ。何しろ夢の中だもの。何て言うのかなあ……。ライオンをもっと怖くしたような？」

「へえ。それが？」

「カーッて大きな口を開けて、女の子を呑み込もうとしたの。──私、『危ない！』って大声で言ったんだけど、その女の子には聞こえないみたいだった」

「じゃ、その子、食べられちゃったの？」

「でもね、その怪獣の動きが、スローモーションみたいにゆっくりだったの。それで、私、これなら助けられる、と思って、女の子の方へ駆け出そうとしたの」

と、亜紀は言って、ちょっと首を振った。

「でも──私の動きもゆっくりだった。どんなに急いで駆けつけようと思っても、ゆっくりしか走れないの」

「ジリジリするね」

「『危ないよ、逃げて！』って、叫びながらそれでも必死で走ってくと、やっと聞こえたらしくって、女の子がこっちを振り向いた。でも、その瞬間、怪獣の大きな口が、女の子をパクッと丸ごと呑み込んじゃった……」

「じゃ、助けられなかったんだ」

「うん。そのときパッと目が覚めて……」

と、亜紀は息をついて、

「でも、眠るたびに、同じ夢を見るの。そして同じように目が覚める。——もう、くたびれちゃって」

「同じ女の子なの？」

「うん。タレントとか、雑誌で見たとか、そんなんじゃないの。全然知らない子なんだよね」

亜紀はチーズバーガーを食べながら、

「どういうんだろ？　今夜もまた同じ夢見るのかなあ」

「大丈夫だよ。どんなに怖くたって、夢でしょ。別に自分はけがするわけじゃないし」

と、邦代は言ったが——。

「——亜紀、どうしたの？」

見れば、亜紀がポカンとして、どこか別の所をじっと見ている。手からチーズバーガーが落ちて、飲み物が倒れたが、それにも全く気づかない。

「亜紀――」

「あの子だ」

「え？」

「あの女の子……。夢の中の女の子！」

邦代はびっくりして、亜紀の目が向いている先を見た。

確かに、七つ八つの、白いドレス風の服を着た女の子が、スキップするように楽しげに歩いている。――どこかの雑誌モデルになっても良さそうな女の子だ。

「あの女の子が？」

「似てるとかじゃない！　あの子に間違いない」

亜紀は立ち上がって、その女の子の方へと足早に歩き出した。

「亜紀！　ちょっと――待ってよ！　まだ食べてない……」

邦代はチーズバーガーの三分の一を思い切り頰ばって、目を白黒させながら亜紀を追いかけていった。

亜紀はその女の子を追っていったが――。

「はい！　みんな固まって歩いて！　迷子になるわよ！」

小学生の団体が、女の先生に連れられて、亜紀の前をふさいでしまった。

ゾロゾロと歩いていく子供たちをかき分けていくわけにもいかず、亜紀は足を止めて、先を歩いていく女の子の方を見ていた。

ガチャガチャと金属の触れ合う音がして、見上げると、アトラクションの一つが改装中で、大きなクレーンのアームが頭上を動いている。

太い鉄骨を吊り下げたクレーンのアームはゆっくりと回転していたが……。

むろん、通行人の安全を考えて、歩道には臨時の柵が設けられている。ところが
――突然甲高《かんだか》いベルの音が鳴り響いたのだ。

「おい！　危ないぞ！」

と、男の声がした。

「クレーンが倒れる！」

亜紀は息を呑んだ。

あの女の子は、まさにクレーンの真横を歩いている。――クレーンがもし、そっちへ倒れたら……。

あの、夢の中の「怪獣」とは、これだったのか？

「危ない！」

と、亜紀は叫んだ。

しかし、目の前の子供たちの騒ぐ声に遮《さえぎ》られて届かない。

亜紀は、

「どいて！　ちょっとどいて！」

と、子供たちの列の中へ割って入った。

しかし、相手は小さな子供たちだ。乱暴に押しのけるわけにもいかず、なかなか進めない。

同じだ。夢の中と同じだ。

「ちょっと！　あなた、何してるの！」

と、腕をつかまれた。

先生が亜紀の腕をつかんでいたのである。

「子供たちの間をわざわざ――」

「女の子が危ないんです！　離して！」

亜紀はその先生を押しやって、やっと子供たちの列から抜け出ると、

「危ない！　逃げて！」

と、思い切り叫んだ。

女の子が振り向いた。――その瞬間、女の子の頭上に、クレーンのアームから外れた鉄骨が落ちてきた。

亜紀は叫び声を上げた。言葉にならない叫び声を……。

予言の苦しみ

「おい、エリカ」

と、フォン・クロロックは言った。

「なあに？」

と、娘の神代《かみしろ》エリカが訊《き》くと、

「その言い方はないだろう、今、おまえは〈クロロック商会〉の社長秘書だぞ」

エリカは少々不満げに口を尖らして、

「はいはい。何ですか、社長」

「今の会議の議事録を、明日までに作っとけよ」

「何よ、自分が会議で居眠りしてたから、聞いてないんでしょ」

と、エリカはむくれた。

「まあ、そう言うな」

——フォン・クロロックとエリカは、〈クロロック商会〉へ戻るべく、オフィス街を歩いていた。

「ねえ、今にも雨降りそうだよ。タクシーで帰ろうよ」

「いかん。この不況だ。節約、節約。地下鉄で帰る」

「ケチ」

——フォン・クロロックは映画に出てくる「吸血鬼」そのままの格好をしている。

何しろ本物の吸血鬼だ。ヨーロッパから流れてきて、この日本に住みついた。

日本の女性との間に生まれたのが神代エリカである。今、大学生。

エリカの母は早くに亡くなり、今、クロロックは若い後妻涼子《りょうこ》をもらって、一子虎ノ介《とらのすけ》がいる。

「ああ……」

クロロックは欠伸《あくび》をした。

頼まれて〈クロロック商会〉の雇われ社長をしているが、本来「夜型」の吸血鬼が昼間働くのだから、なかなか大変だ。

「最近よく居眠りしてるよ。夜ふかし?」

と、秋の試験休みに、アルバイトで父の秘書をしているエリカは訊いた。

「うん?　いや——このところ、涼子がいやに元気でな。毎夜のようにせがんでくるので、ついこっちも張り切ってしまい……」

「あ、そう。——結構ね、夫婦円満で」

と、エリカは冷ややかに言った……。

「まあ、そう言うな」

クロロックは妻のご機嫌も取り、エリカにも気をつかって、なかなか大変である……。

「おい、それじゃ何か飲んでいくか」

と、クロロックはフルーツパーラーの前で足を止めた。

「甘いもん好きの吸血鬼なんて、ご先祖様が嘆くよ」

と、エリカがからかう。

「なに、昔はこういう店がなかっただけだ。あれば吸血鬼だって食べている」

「本当かね」

二人がフルーツパーラーに入ろうとすると、ちょうど中からサラリーマンらしい男が背広姿で出てきて、足早に歩いていこうとした。

そこへ、タタッと駆けつけてきた少女が、

「だめ！」

と、その男を捕まえて、

「今出ちゃだめ！」

と、叫んだのである。

「おい、何だよ」

と、男は面くらった様子で、

「会社に戻るんだ。何だっていうんだ？」

「今、会社の方へ歩いてったら死にますよ！」

「何だって？」

「どうしても行くなら、裏の通りから行って！　お願い！」
十六、七の少女の方も、どう見ても真剣だ。
「一体何の真似だ？　大人はね、忙しいんだ。邪魔しないでくれ」

男はムッとした様子で、少女を押しのけた。少女はよろけて、その場に尻もちをついてしまった。

男はそんなことにはお構いなく、さっさと行ってしまった。

クロロックはその少女の手を取って立たせてやった。

「大丈夫かね？」

「すみません！　――あの人、死んじゃう！」

と、少女は泣きだしそうにしている。

「死んじゃうとは、どういう意味かな？」

と、クロロックが訊くと、少女は、

「お願いです！　あの男の人を止めて」

と、今度はクロロックの手を取って、訴えた。

「何が起こるというんだね？」

「分かりません。でも――あの人が会社のビルへ入ろうとすると、火に包まれて――」

「火に？」

「ええ。どんな火か分かりませんけど、ともかく火にかかわることです。そしてあの人は死にます」

「どうして分かるの？」

と、エリカが訊くと、

「夢で見たんです。あの男の人が、火だるまになって死ぬのを」

「夢か……。そのビルがどこか分かるかね？」

「あの白いビルです。あれも夢に出てきたんで」

確かに、あのサラリーマンは、その白いビルへと向かっているようだ。

「お父さん——」

「よし、行ってみよう」

クロロックは素早く人の間をすり抜けて、男に追いついた。

見ていた少女が呆気に取られている。

クロロックは、男がビルへ入ろうとするのを目の前で見ていた。

そのとき——。

「危ない！」

という声が頭上で聞こえた。

男が見上げると、ビルの窓の外側を補修していた作業員が、塗料の缶を落とした
のだった。缶が真っ直ぐに落ちてきて、男の肩に当たった。

缶の中身が男の体を真っ白にしてしまった。

「危ない……」

と、エリカは呟《つぶや》いた。

ちょうどビルから出てきた男が、火のついたタバコをくわえていた。そのまま、

正面にいた男とぶつかろうとする。

塗料が引火性だったら——。

一瞬、エリカは息を呑んだ。

しかし、そのときクロロックがパッと手を伸ばした。エネルギーを送って、タバコを男の口から弾き飛ばしたのである。

火のついたタバコは、転がった塗料の缶へと飛んでいき、ボッと音をたてて缶は火に包まれた。

「ワッ!」

塗料を浴びた男は、さすがにびっくりしてその場に尻もちをついてしまった。

「——危ないところだ」

と、クロロックは言った。

「あの女の子に感謝することだな」

「——それじゃ、夢の中で」

と、エリカは言った。

「あの人が最初じゃなかったのね？」

「ええ……。もし死んでたら三人目です」

と、少女、矢野亜紀《やのあき》は言った。

「良かった、助けられて」

「当人は、さっぱり分かっとらんかったがな」

クロロックとエリカは、亜紀と一緒に、あのフルーツパーラーに入っていた。

亜紀は、あの男が死なずにすんだので、ホッとして、思い切り甘いフルーツパフェを食べていた。

そして食べ終わると、大きく息をついて、

「実は、こういうわけなんです……」

と、話し始めた……。

「女の子が鉄骨の下敷きになって死んだのは憶えてるわ」

と、エリカは肯《うなず》いた。

「それから一週間して、また同じような夢を見ました」

と、亜紀は言った。

「今度は中年の女の人で、もちろん知らない人です。――ちょうど車に乗ろうとしたとき、突然天から大きな矢が……」

「矢が？」

「ええ、その人は矢に貫かれて死にました。三日して、私、雷雨にあって雨宿りしてたんです。お店の軒先で。そしたら、あの夢の中の女の人が雨の中を駆けていって、車に乗ろうとしました。そのとき……」

「分かった。雷が落ちたのね」

「ええ。車に落雷して、女の人もショック死してしまいました」

「珍しい事故だとニュースになっとったな」

「止める暇がなかったんですけど、やっぱり目の前で亡くなってしまい……。これって偶然じゃないですよね」

「あなたの知らない人が夢に出てきたっていうんだから……。今日の男の人も？」

「ええ。ゆうべ夢見たんです。あの人が会社のビルの前で火に包まれて死ぬ、って」

「あの会社を知ってたの？」

「いいえ。でも、隣の大きなビルの社名が夢の中で読めたんで、捜してきたんです。そしたら、あの男の人がこの店に入るのを見かけて……。でも、助かって良かった！」

「お父さん、こんなことってあるの？」

と、エリカはクロロックに訊いた。

「うむ……」

クロロックは腕組みして、少し考え込んでいたが、

「——まあ、一種の予知能力だろうな。今までにも、それに近いことはあったかね？」

「いいえ。そんなこと、一度も」

と、亜紀は首を振った。

「そうか、生まれつきそういう能力があれば、今までに何かありそうなものだな」

「今日はあの人、死なずにすみましたけど、もしまたあんな夢を見たら、どうしたらいいですか？」

「エリカ。この子から連絡がつくように聞いておけ」

「うん」

エリカは亜紀とケータイの番号とメールアドレスを交換した。

「クロロックさんって、ふしぎな人ですね。どうしてそんな吸血鬼みたいな格好してるんですか？」

と、亜紀に訊かれて、クロロックがどう答えたものか考えていると、

「――こんな所にいたの！」

と、声がした。

「あ、お母さん！」

亜紀が目を丸くして、

「どうしてこんな……」

「学校をサボって、こんな所で！　――この変な人は誰？」

亜紀の母親は、うさんくさげにクロロックを眺めると、

「若い子を惑わすようなこと、言わないで下さいね」

「お母さん！　失礼だよ」

「ともかく帰るのよ！　学校の先生が心配なさってるわ」

「はい……。じゃ、クロロックさん、エリカさん――」

「またね」

と、エリカは手を上げてみせた。

亜紀が母親に連れられて出ていってしまうと、

「ずいぶん若いお母さんね」

と、エリカは言った。

「うむ。――我々も行くか」

クロロックは伝票を手に立ち上がると、

「むろん、あの子の分は払ってやるつもりだったが、あの母親、娘の分を払うとい

うことは全く考えなかったようだな」

と言った。

悪夢再び

「ちゃんとジュース、飲んでよ」

と、母、智子《ともこ》が言った。

「このまずいジュース？」

亜紀《あき》はコップを手にして、

「もう少しおいしくならないの？」

と、文句を言った。

「体にいいのよ。ちゃんと飲んで」

「はい……」

亜紀は目をギュッとつぶって、一気に飲み干し、

「わ、まずい！」

と、あわてて冷蔵庫へ駆けていった。

冷蔵庫に、チョコレートが入っているので、それを口へ放り込む。

「――つまみ食いか？」

と、声がした。

「お父さん！　お帰り」

パジャマ姿の亜紀は、父、矢野和正《やのかずまさ》に飛びつくようにして、

「明日じゃなかったの？」

「仕事が早くすんだ」

と、矢野はネクタイを外して、

「お前の顔が見たくてな」

「ふん、だ。本当は若い奥さんの顔が見たかったんでしょ」

と、亜紀はすねてみせた。

「こいつめ！」

と、矢野は笑った。

「あなた」

と、妻の智子が夫の上着を受け取って、

「お食事は？」

「何か軽く食べよう。――風呂へ入ってるから、その間に用意しといてくれ」

「ええ」

「じゃ、私、お邪魔しちゃいけないから寝るね」

と、亜紀は言った。

「何なら、二人で一緒にお風呂に入ったら？」

「何言ってるの」

と、智子は苦笑した。

「おやすみ！」

亜紀は二階へ上がって、自分の部屋へ入ると、

「ああ……。つまんない」

と呟きつつ、ベッドにゴロリと横になった。

――父、矢野和正は今四十五歳。

亜紀の母は、亜紀が六つのときに死んだ。

父が今の妻、智子と再婚したのは一年前だ。智子は三十を過ぎたばかり。

亜紀も、父が再婚することには反対しなかった。気持ちの上ではいろいろあったが、智子は美人で、亜紀にもやさしかった。

父、矢野和正は医療関係の企業の社長。自分も医師の資格を持っている。智子は元看護師である。

亜紀は、父の再婚ですねて不良になる、といった、ドラマみたいなことはしたくなかった。

それに、亜紀ももう父親にあれこれ干渉されるのがわずらわしい年齢になっていた。

若い奥さんをもらって、亜紀を放っておいてくれるなら、その方が気楽だ。――

亜紀は自分へそう言い聞かせていた。

父は仕事で海外出張することが多い。当然、亜紀は新しい母と二人で過ごすことがふえていた。智子は、亜紀を一人前の女として扱って、部屋にも勝手に入ってこない。

ただ、看護師だったからか、

「あなたに元気でいてもらわないと、お父さんに申し訳ないでしょ」

という理屈で、週に一度、あの「まずいジュース」を飲まされるのが困りものだった……。

「あ、そうだ」

亜紀はケータイを手に取ると、ベッドで横になったまま、学校の友だち、梓邦《あずさくに》代《よ》にメールを打った。

亜紀が、あの夢を見て、学校を休んだりしていることを知っているのは、邦代と、あの不思議な父娘《おやこ》だけだ。

だが――メールを打っているうち、眠気がさしてきた。

「まずい……」

目をこすって、亜紀は起き上がろうとしたが——。
ストン、と穴へ落ちるように、亜紀は眠ってしまっていた……。

あれ？　ここって……。
亜紀はよく知っている場所を歩いていた。
そこは学校だった。
亜紀が通っている私立の女子校。
少し古ぼけた校舎の廊下を、一人で歩いている。他に人影はなかった。
今日は休みかな？
すると、校舎の方から、ワーッという声が聞こえてきた。
「あ、そうか」
体育祭なんだ。もう来ちゃったのか。
そういえば、自分も体育着である。
グラウンドに全員が出ているので、校舎の中は空っぽなのだ。

でも——私、どこへ行こうとしてるんだろう？

亜紀は、それでも廊下を歩いていった。どこへ向かっているのか分からなかったが、それでも足は止まらなかった。

そのとき、少し先の教室のドアが開いて、出てきたのは……。

「お父さん？」

確かに父だった。

しかし、亜紀には全く気づかない様子で、そのまま亜紀の方へ背を向けて歩いていく。

亜紀は呼びかけようかと思ったが、なぜか声が出ない。

すると、

「矢野さん」

と、誰かが父を呼び止めたのだ。

あ、あの人……。

このK学園に娘を通わせている、中年の役者、馬渕雅人《まぶちまさと》だ。ベテランで、TVドラマにもよく出ている。

娘はまだ中学生だったと思うが。

亜紀は、父が馬渕と何やら楽しげにしゃべっているのを見ていた。

そうだ。確か父母会の役員を一緒にやったことがあって、知っているんだった。

二人は一緒に並んで歩きだした。――グラウンドの方へ行くのかしら？

フッと二人の姿が消えた。

グラウンドの方から、一斉に声が上がった。

亜紀は窓の方へ寄ってグラウンドを覗いた。

もう体育祭も終わり近くで、クラス対抗リレーだった。

あれ？　私、出ないんだっけ？

亜紀は足が速い方で、たいていリレーには出ていたのだ。

でも窓から覗くと、確かにリレーが始まっている。――そして、妙なことに、父がそのリレーの選手の中に交じって待機しているのを見つけた。

お父さん！　何してるの？

これは父母のかけっこじゃないのだ。

間違えてるよ、お父さん！

亜紀は、急いで窓から離れると、廊下を駆けていった。

しかし——どうしてか、グラウンドへ出る出口がない。こんなわけないのに！

ともかく、何とかして……。

そうか。窓から出よう。ここは一階だもの、大丈夫だ。

亜紀は窓へ駆け寄って、ガラッと開けると、

「ワッ！」

と、思わず声を上げた。

いつの間にか、亜紀は三階にいたのである。ここから飛び下りるわけにはいかない。

グラウンドではリレーがどんどん進んでいる。——矢野はもうあと二人目のところまできていた。

「お父さん！」

と、精一杯の声を出したが、リレーの応援の声にかき消されて、届くわけもない。

そのとき——亜紀は奇妙なものに気づいた。

グラウンドの隅から、黒い犬らしいものが入ってきたのだ。長い脚、鋭い牙が上からでも分かる。

「お父さん……」

直感した。あの犬は、お父さんを狙いに来たのだ。

「危ない！　その犬を何とかして！」

と、亜紀は叫んだが、リレーの方にみんな夢中で、その猛犬には気づかない。

矢野がコースに立った。前の走者のバトンを受け取ると、走りだした。

意外なほど速い！

抜かれるどころか、一人、二人と抜いて順位を上げている。

そして、あの黒い犬は、グラウンドを囲む生徒と父母席の中へ紛れ込んでしまった。

矢野が一周を終わろうとしていた。次の走者へバトンを渡そうとする。

そのとき、あの黒い犬が突然コースへ飛び出したと思うと、矢野めがけて食いついていったのだ。

「お父さん！」

と、亜紀は叫んだ。

犬の牙が矢野の喉へ食い込むのが見えた。仰向けに倒れた矢野の上にかぶさって、犬はその喉を食いちぎった。

「お父さん！」

と、亜紀は叫んだ……。

「——お父さん！」

パッとベッドに起き上がった。

夢か……。

「良かった！」

じっとりと汗をかいていた。

そして気がついた。

今のは「あの夢」なのだ。今までは知らない人だったのに、今度は父が殺されようとしている！

「どうしよう……」

亜紀は頭を抱えた。

そして、ハッとすると、ケータイをつかんで、あの神代《かみしろ》エリカのケータイへとかけていた……。

黒い計画

「ここか」

と、クロロックは言って、学校のグラウンドを見渡した。

「どう？」

と、エリカが訊《き》く。

「うむ……。特に変わった空気は感じないな」

と、クロロックは言って、亜紀《あき》の方を振り返ると、

「体育祭というのはいつなんだね？」

「今度の週末です」

「なるほど。すぐだな」

「あの――何とかお父さんを助けたいんです！　このままだと……」

「気持ちは分かる。リレーには？」

「私、出ることになってます」

「お父さんが代わりに出るって、あり得ないわよね」

と、エリカが言った。

「そうなんです。もし私がけがでもして出られなくなったら、誰か代わりの子が出るはずです」

「それに、黒い犬というのも、何かの象徴だろう」

と、クロロックは言った。

「それにしても、ふしぎだな。予知能力がそういうふうにだけ働くというのは珍しいことだ」

亜紀は肯《うなず》いて、

「どうせなら、テストの問題でも予知できたらいいのに……」

と言った。

放課後のK学園へやってきたクロロックとエリカは、問題のグラウンドを見ていたのである。

すると、そこへ、

「矢野《やの》さんのお嬢さんじゃないか？」

と、よく通る声がした。

「あ、馬渕《まぶち》さん」

TVなどでよく見る顔がそこにあった。

「体育祭だね、じき」

「はい」

「僕もその日は仕事を空けてあるんだ。何があっても、娘の応援にやってくるよ」

馬渕はクロロックを見て、

「ご父兄の方ですか？」

「いや、娘がこの亜紀君の友人でしてな。私はフォン・クロロック」

「役者をしている馬渕雅人《まさと》と申します」

と、クロロックと握手をして、

「いや、そのドラキュラのようなスタイルがよくお似合いだ」

「何しろ何百年も着ていますのでな」

「は？」

「いや、もちろん、作り直してはいますが」

「ぜひ一度ドラマにでも出ていただきたいですね！　そういうスタイルがさまになる人はなかなかいません」

と、馬渕は半ば本気らしい。

「亜紀君、今度お父さんはみえるのかな？」

「体育祭ですか？　来ると思います。よほど急な海外出張でもない限りは」

「そうか。こんなときにしか会えないからね。またぜひワインでも一緒に、と伝えてくれ」

「はい、伝えます」

「では失礼」

馬渕は、スターらしい人目をひく華やかさを感じさせて、足早に行ってしまった。

「なかなか魅力的な男だ」

「そうですね。でも、どうしてあの人が夢に出てきたんだろ?」

と、亜紀は首をかしげた。

エリカは、父親が何やら考え込んでいるのを見て、

「どうかしたの?」

「いや……。今の馬渕の匂い、いがな……」

「匂い?」

「どこかで覚えのある匂いなのだ」

「何か匂い、しましたか?」

と、亜紀がふしぎそうに言った。

何しろ、吸血族は狼に変身できるくらいで、鼻も鋭くできている。

「いや、まあ、それはともかく、体育祭の日は我々もここへ来よう」

「ありがとうございます!」

亜紀はホッとした様子で、

「父が死ぬのを、何とか止めたいんです」

と、じっとクロロックを見つめている。

クロロックがこういう「目」に弱いことを、エリカはよく知っている。

どうかお母さんにばれませんように！


体育祭当日、クロロックとエリカが着いたときには、もう午前中の種目が始まっていた。

父母席についた二人は、周囲を見回した。

「あそこだ」

と、エリカが指さす。

見覚えのある、亜紀の母親が見えた。隣が矢野和正《かずまさ》だろう。

二人は、ごく普通に体育祭を楽しんでいるようだった。

午前中の種目に出るので、亜紀が入場してきた。両親を見つけて手を振っている。

「——何が起こるのかしら」

と、エリカが言った。

「うむ……。黒い犬の意味だな、問題は」

と、クロロックが腕組みして言った。

亜紀の母、智子《ともこ》が席を立った。

「エリカ、様子を見てこい」

「分かった」

エリカは、智子の後をついていった。

智子は、トイレに行くのかと思うと、途中でスッと方向を変えた。

エリカがそっとついていくと……。

校舎の裏手の物かげで、話し声がした。

「——誰が来るか分からないよ」

と、男の声がした。

「いいわ、見られたって」

智子の声だ。

エリカがそっと覗くと、智子があの馬渕と抱き合って、熱くキスを交わしているところだった。

——席に戻ったエリカの話を聞いて、

「やはりそうか」

と、クロロックは肯いた。

「知ってたの？」

「馬渕から、あの母親の香水が匂っていた。後で思いついたのだ」

「何か、黒い犬と関係ある？」

「さてな……。そこまでは分からんが」

クロロックは首を振った……。

昼休みになった。

体育祭となると、生徒の数も多いので、普通の運動会のように、親子でお弁当を食べるというわけにいかない。

父母は父母で、そのまま席で食べるようだ。ただ、生徒たちは、お弁当を親から受け取りに来て、持っていくのだった。

「エリカ、昼を付き合おうか」

「え？」

クロロックは立ち上がると、お弁当を広げている矢野と智子の方へノコノコと歩いていき、

「やあ！　奥さん、先日はどうも！」

と、声をかけた。

「あ……。どうも」

智子は、ちょっと冷ややかに言ったが、仕方なく夫を紹介した。

「では、亜紀がお世話になった『吸血鬼みたいな人』というのがあなたですか」

と、矢野がクロロックと握手して、

「いかがです、ご一緒に？」

「ありがたい。昼を持ってこなかったので。おい、エリカも来い」

二人が図々しく一緒に食べることになって、智子は面白くなさそうだったが、そうも言えず、

「お口に合いますかどうか……」

「いや、これは旨《うま》そうだ。家内は弁当など作ってくれません」

クロロックは遠慮なくサンドイッチをつまんだ。

「はい、あなたはおにぎりね。――主人はお米のご飯がないとだめなんです」

「これが一番さ」

と、矢野はおにぎりを頰ばった……。


エリカたちは、そのまま矢野夫妻と一緒に午後の種目を見ることになった。

「いよいよリレーだ」

と、矢野がニヤリとして、

「あの子は速いからな」

「きっと一等になるわ」

リレーがスタートして、生徒たちの応援も一段と盛り上がる。

「もうじきだな。――うん、今二位だ。きっと亜紀ならトップになれる！」

と、矢野は身をのり出している。

亜紀がバトンを受け取り、走りだす。

「行け！　――亜紀！　頑張れ！」

と、矢野は声援していたが――。

突然、矢野が胸を押さえて、顔をしかめた。

「あなた！　どうしたの？」

「胸が……苦しい……」

と、呻《うめ》いて、矢野はうずくまるように倒れた。

「あなた！　しっかりして！」

「どうなさった？」

「主人は――心臓が悪いので」

「これはいかん。医務室へ」

クロロックが、矢野の体を抱え上げて運んでいく。

グラウンドでは、亜紀がみごとに一着でテープを切っていた……。


「今、救急車を呼びました」

と、学校の校医が言った。

「すみません」

智子が青ざめている。

しかし、医務室で、横たわる夫と二人きりになると、智子はホッとした様子で、

「もう手遅れだわ……。ごめんなさいね、あなた」

と言った。

「どうしても、私、あの人のことが好きだったの。でも、あの人にはお金がない。あなたのお金が必要だったのよ」

智子は立ち上がって、ちょっと笑った。

「これで私は自由！　あの人と一緒になれるわ！」

と、天井に向かって言った。

すると、

「そうはいかん」

と、矢野がムックリと起き上がった。

「キャッ！」

と、智子は声を上げた。

「あなた……」

「薬を混ぜたおにぎりは食べていない。食べたふりをして捨てたよ」

「あなた……。知ってたの？」

「教えてもらったよ、その方から」

衝立《ついたて》のかげから、クロロックとエリカが現れた。

「あなたは……どうして？」

「見ましたよ、奥さんと馬渕さんが会ってるところ」

「それで、あんたが戻る前に、弁当を見せてもらったのだ」

と、クロロックは言った。

「薬の匂いが分かったのでな」

「まさか……」

「それだけではない。娘さんにも毎週、ジュースに混ぜて毒薬を少しずつのませていた」

「智子。――亜紀にまで、何てことをするんだ！」

「だって……邪魔なのよ、あの子も」

「だが、その薬のおかげで、娘さんは予知能力を引き出されたのだ。今日、あんたが夫を狙うことも、黒い犬として予知していた」

と、クロロックは言った。

智子は力なく椅子にかけると、

「先にあの人と会ってれば……。ツイてなかったんだわ」

と言った。

「ところが、馬渕はあんたとのことはただの遊びだった、と言って帰ったぞ」

智子が愕然として、

「――そんな！」

戸がガラッと開いて、

「お父さん！　大丈夫？」

と、亜紀が飛び込んできた。

「ああ。おまえのおかげで助かったよ」

矢野が亜紀を抱きしめる。

智子が立ち上がると、走り出ていった。

「お父さん……」

「放っておこう。――可哀そうな奴だ」

と、矢野は言った。

「俺が放っておいたのも悪かった」

亜紀はクロロックの手を取って、

「ありがとうございました！」

と言った。

「これで、もう悪い夢も見なくなるよ」

「はい。――やっぱり先のことは分からない方がいいですね！」

と、亜紀は明るく言った。

外では、体育祭の終了を告げる花火の音が、ドン、ドンと青空に響いていた。

吸血鬼と呪いの古城

武将

「あ、あれだ！」

と、女子高校生の数人が声を上げた。

「あのお城だね」

と、肯《うなず》き合っている。

——神代《かみしろ》エリカは、バスの中で少しウトウトしていたが、その甲高《かんだか》い声に目が覚めた。

バスの窓から外を見ると、ずっと先の方に、城の天守閣らしいものが、山の緑の間に覗いている。

「TVで見たのと同じ！」

「ね、そっくりだ」

「ム、ムネちゃん、いたりして」

「まさか!」

にぎやかに笑っている。

「ムネちゃんって誰？」

と、エリカは声をかけていた。

「あ、知らないんだ！　TVの〈天下燃ゆ〉見てないんですか？」

と、一人が言った。

「あの時代劇？」

「主人公ですよ、あれの。武藤宗正《むとうむねまさ》。カッコイイじゃないですか！」

「ねえ！」

武藤宗正が、〈ムネちゃん〉ね。

エリカはつい笑っていた。

「戦国武将もアイドル扱いね」

「冗談じゃないわ、全く」

と、憤然としているのは、一緒にやってきた大月千代子《おおつきちよこ》。

「そうよね」

と肯いたのは、橋口《はしぐち》みどりで、

「こんだけしかクリームが入ってないなんて、クリームパンを名のる資格はない！」

「みどり、何を怒ってるの？　私が言うのは、ああいう武将を商売のタネにしてること」

と、千代子は言って、パンフレットをバッグから出すと、

「見て、このお城」

と、表紙になっている真っ白な城の写真を指した。

「ずいぶんきれいね。新しく造ったの？」

と、エリカは言った。

「もちろん！　戦国時代の城なんて、どこも焼けたりして残ってないし、大体こん

なきれいなもんじゃないわ。実戦のための城だもの。もっと武骨な砦みたいなものだったはずよ」

「じゃそのお城は？」

「TVドラマの中の城をそっくりに造ったの」

「じゃ、似てるわけだ」

「そう。しかも、TVドラマに出てきた城は、コンピューターグラフィック。それを地元が、『TVで人気のあるうちに！』って、プレハブでアッという間に造っちゃったのよ」

「凄いわね」

「一応、中は博物館になってるらしいけどね」

――エリカも、この旅行のために、少し下調べはしてきた。

武藤宗正という武将、戦国時代にこの辺を治めていたことは事実らしいが、ほとんど史料が残っていなくて、どんな武将だったのか分かっていないらしい。

それが、ある歴史小説の作家が、大胆にフィクションを入れて小説に書き、TV

の大河ドラマになってしまったそうだ。

特に特産品もなく、名所もない地元の町は、

「これこそ、二度とないチャンス！」

と、「町起こし」に突進した、というわけである。

その気持ちは分からないでもないが、こういう人気はドラマが終わってしまえば、急速にしぼむことが多い。

ましてや、「新築の城」では……。

「だけど、千代子、今日はこのお城でずっと過ごすことになってるよ」

「たぶん、三十分もありゃ、見るものなくなるわよ。後はバスで昼寝でもしてるのね」

――エリカ、千代子、みどりの三人組の女子大生、試験休みに温泉と洒落たのは良かったが、

「このバスツアーだと安い！」

と、みどりが見つけてきて、急遽申し込んだのである。

だから三人の目的は温泉で、この途中の「新しい古城」（？）見物はあくまで付け足しなのだが、いざバスに乗ってみると、半分近くが若い女の子。

それも、今騒いでいる女子高校生から、エリカたちと同じ女子大生、ＯＬまで——。

「今、若い女性に、『戦国ブーム』だって聞いたけど、これほどとは思わなかったわね」

と、エリカは言った。

「ブームったって、ＴＶドラマや映画と史実を混同してるのよ。本当の『歴史ブーム』じゃないわ」

歴史を専攻している大月千代子としては、見ているだけで腹立たしいのである。

「まあ、全然無関心でいるよりいいんじゃない？」

と、大まかな感想を述べたのは、橋口みどりで、

「今夜の旅館、どんな食事が出るかなあ」

「みどりは幸せね」

と、千代子がため息をついた。

そこへ、

「間もなく、武藤宗正が築きました〈天下城〉に到着いたします」

と、バスガイドの声。

「こちらで、ゆっくりと戦国のロマンに浸《ひた》っていただきます！」

戦国のロマンね。——本当に戦国に生きてたら、ロマンどころじゃないわよね、
とエリカは思った……。

博物館になっている城は結構入場料が高かった。怒る千代子を、

「まあ、いくらプレハブでもさ、お城建てるのにお金もかかってるだろうし」

と、エリカが慰めつつ、中へ入る。

先に入った、あの女子高校生たちが、

「ワア！」

と、一斉に声を上げた。

エリカたちも声を上げそうになった。

もっとも、こちらは、

「ハア？」

という調子だったが、
入ると、真正面に、ほぼ実物大の武将の肖像画がデンと据えてある。

鎧をつけ、しっかり両足を踏ん張って立っている姿は、確かにりりしい。しかし——。

「似てる！」

「ねえ、ヒロシ君とそっくり！」

「やっぱ、こういう人だったんだ！」

「カッコイイよね！」

と、一斉にその絵の前で記念撮影。

「あれ……本物？」

と、さすがにみどりも首をかしげる。

エリカは、隅の方につまらなそうな顔で立っていた中年の男性が、胸に名札をつ

けていたので、

「あの……すみません」

と、声をかけた。

「あの肖像画、本当に古いものなんですか?」

「あれですか? 古く見せる手法があるんですよ、今は」

「じゃ、やっぱり本当の武藤宗正じゃないんですね」

「もちろんです。TVで宗正を演《や》った役者の写真を、画家に描いてもらったんですから」

「ヒロシ君にそっくり」なわけだ。

主役の栗原宏《くりはらひろし》は今風の二枚目である。当然ヒョロリと長身で、足も長い。

「本当は宗正の絵なんて、ないんでしょ?」

と、千代子が言うと、

「いや、あるんですよ」

と、そのおっさんが言った。

「あっちの隅の薄暗い所に掛けてあります。説明は、あえてつけていませんが」

見ると、「ヒロシ君」とは似ても似つかぬ、ずんぐりしたいかついおやじ。

「最初はこれを置いといたんです」

と、説明してくれる。

「ところが見学の女の子たちが怒りだしまして。『テレビと違う！』『宗正さんはもっとハンサムよ！』と……。それで急いであの絵を」

「はあ」

「まあ、こちらもお客が入らないと困りますんで……」

——エリカたちは、城の中を見て回ったが、写真パネルはTVドラマの場面。置いてある茶の道具や刀剣なども、〈ドラマで使われたもの〉とあって、そのわきに小さく〈コピー〉と添えてあった。

小道具を貸してはくれなかったのだろう。

しかし、ファンの女の子たちは喜んで記念撮影をしている。

「やれやれだ……」

城を出て、千代子は、

「あと二時間もあるよ。どうする?」

「私、何か食べる」

と、みどりが言った。

「私も付き合うか」

「私、少しその辺を散歩してくる」

と、エリカは言った。

「あの茶店でしょ?　後で行くよ」

いいお天気だった。

エリカは、城の裏手へ出た。

その辺は手を入れていないとみえて、雑木林。

中を歩いていくと、古井戸らしいものがあった。

「これは本当に古そうだ」

と、エリカは呟《つぶや》いて、歩み寄ると、崩れかけた柱をそっとなでた。

すると——。

「助けてくれ」

エリカは、

「え？」

と、振り向いた。

誰もいない。——空耳だろうか？

でも、確かに……。

するともう一度、

「助けてくれ……」

苦しげに呻《うめ》くような声だ。

間違いなく聞こえた。しかし、どの方向から聞こえたのかもよく分からない。

「助けてくれ……」

まさか！　エリカはその古い井戸を覗き込んだ。声はこの井戸の中から聞こえてきたようだったのだ。

だが、井戸といっても、使われなくなって長いのだろう。埋め立てられて、深さはほんの二、三メートル。そこに枯れ葉や枯れ枝が降りつもっている。

それきり声は聞こえなかった。

エリカは気づいた。今のは、「現実の声」ではない。

どこか別の世界から、エリカの中へ直接呼びかけてきたのだと……。

若殿様

「いいね、やっぱり、温泉は！」

と、千代子《ちよこ》が浴衣姿で大浴場から出てくると言った。

旅館に着いて、お目当ての温泉に浸《つ》かると、千代子も大分機嫌が良くなっていた。

「うん、温泉はいい！」

と、みどりも同意して、

「お湯に浸かってるとお腹空くし」

「全く……」

と、エリカは苦笑して、

「お肌がきれいになって、とか言ったら？」

浴衣姿の三人が、旅館のロビーへ出てくると、

「おお、いたな！」

と、マッサージチェアから手を振ったのは——。

「お父さん！　どうしてここにいるの？」

エリカは目を丸くした。

父、フォン・クロロックが、湯上がりの浴衣姿で、マッサージチェアでくつろいでいたのだ。

「涼子《りょうこ》がな、『エリカさんばっかり温泉なんて、ずるい！』と言って泣くもんでな」

「そんな……。すぐその手に引っかかる」

——涼子はクロロックの二度目の妻。エリカより一つ若い！

「虎《とら》ちゃんは？」

「今、涼子と一緒に家族風呂に入っとる」

クロロックも、大の温泉好き。

しかし、由緒正しき吸血族のフォン・クロロックが、浴衣を着て温泉のマッサー

ジチェアでウトウトしているところなど、吸血鬼だった祖先にはとても見せられない、とエリカは思った……。

「ここも凄いね」

と、千代子が、ロビーを見回して言った。

ロビーの壁は、かの〈天下燃ゆ〉の写真パネルで一杯。

「お土産物見たけど、そっちも凄かった」

と、みどりが言った。

「〈宗正《むねまさ》まんじゅう〉、〈宗正クッキー〉、〈ムネちゃんギョーザ〉まであったよ」

「何だ、それは？　人気タレントか」

と、クロロックが訊《き》いた。

エリカが説明すると、

「なるほど、そういうことか」

「他に観光の目玉になるものがないから、仕方ないんだろうね」

マッサージチェアが停止して、クロロックは立ち上がると伸びをして、

「いい気持ちだ。一つ社長室に置くかな」

「社員用に買いなよ。社長は一番楽してんだから」

クロロックは、ロビーの中を見回して、

「しかし、目玉にしては、ここの人間たちには人気がなさそうだな」

と言った。

「どういうこと？」

「さっきから、このロビーへ出入りする従業員をずっと見とったが、誰一人、パネルへ目をやった者はおらん」

「見慣れてるからでしょ」

「いや、明らかに目を背けておる。あれは、『こんなもの、見たくもない！』という気持ちの表れだ」

「でも、ずいぶんあのドラマのおかげで観光客が増えてるらしいよ」

「それはそれ。本来、ここであまり愛されていない人物ではないのか」

クロロックの言葉に、エリカはちょっと考え込んで、

「あのね、お父さん。ちょっと妙なことがあったの」

と言った。

あの城の近くの古井戸で聞いた「声」のことを話すと、

「なるほど。——私やおまえには、『過去の声』を聞く力があるからな」

「過去の声？　じゃ、昔、あの井戸に誰か落ちたのかしら」

「そうかもしれんが……。まあ、せっかく来たのだ。温泉に浸かるだけでなく、この辺の歴史も調べてみるといいかもしれん」

そこへ、

「パパ！」

と、お風呂から出た虎ちゃんがバタバタと走ってきた。

「おお、気持ち良かったか？」

クロロックは、たちまち「パパ」の顔になって、虎ちゃんを抱き上げた。

「あら、エリカさん」

と、涼子がやってくる。

「お母さん、のぼせた？　顔、真っ赤だよ」

「虎ちゃんと入ってるとね。——あなた、夕食はお部屋でね」

「うん、戻るか」

親子三人が行ってしまうと、

「過去の声か……」

と、エリカは呟いた。

「お邪魔いたします」

と、旅館の番頭がロビーの客へ呼びかけた。

「お知らせしておりました、〈武藤《むとう》家ツアー〉でございますが、若様のご都合で、出発が一時間遅れます」

——若様？

エリカは耳を疑った。

そういえば、少し前から、ロビーに若い女の子たちが集まってきていた。

番頭の言葉を聞くと、

「ええ？」

と、不満げな声も上がったが、

「じゃあ、何か飲んで待ってよう」

と、もの分かりのいい子が大半で、

「出発のときは館内放送いたしますので、お部屋にお戻りになっていても大丈夫でございます」

と、番頭は続けた。

十五、六人はいただろう。女の子たちは、数人ずつ分かれていった。

エリカは、戻りかけた番頭へ、

「あの――すみません」

と、声をかけた。

「はい、何かご用で」

中年の、いかにも客商売に慣れた感じの男性である。

「今、耳に入ったんですが、『若様』って、どなたのことですか？」

「はい、武藤正治《まさはる》様とおっしゃいまして、武藤宗正直系の子孫でいらっしゃいます」

「へえ……」

そんな人がいるのか。

「毎晩、お客様をご案内しておりまして」

「毎晩ですか」

エリカは父の言葉を思い出し、

「今から申し込んでもいいですか?」

「はい、もちろんでございます!」

と、番頭はニッコリ笑って、

「参加料五千円は、お帰りのとき、いただきます」

五千円か……。「若様」を見に行くのに五千円はちょっと高い気もしたが……。

「浅原《あさはら》」

と、女の声がして、和服姿のここの女将《おかみ》がやってきた。

「出かけるの?」

「若様のご都合で、一時間遅れです」

「そう」

女将はエリカの方へ会釈《えしゃく》した。

「どうも。——女将さん、ちょっと伺《うかが》ってもいいですか?」

と、エリカが言った。

「私でよろしければ……」

「さっき、あの白いお城を見てきました。そのとき、裏の林を歩いてたら、古い井戸があったんですが、あの井戸に何かいわれがあります?」

「井戸でございますか? さあ……。浅原、あなた知ってる?」

「いえ、残念ながら」

「お役に立てず申し訳ありません」

「いえ、いいんです」

「何か研究してらっしゃるんですか?」

「そういうわけじゃないんですが……。武藤宗正って人、聞いたことなかったんで。本当はどんな人だったのかな、って思って」

「まあ、そうですか」

と、女将は笑って、

「ほとんど史料らしいものは残っていないんですよ。ですから、うちも専《もっぱ》らTVドラマのイメージで売っていますの」

「それはよく分かりますけど……」

「たぶん、あんなんじゃなかったんでしょうね。でも、ああじゃなかった、とも言い切れないですし」

「はあ」

子孫がいるというのに、何の史料もない？

エリカはどうも納得できなかった……。

「皆様、お待たせいたしました！」

と、浅原という旅館の番頭が言った。

「武藤正治様のおなりです！」

襖《ふすま》が左右へ開くと、羽織、袴の若い男が現れた。

「似てる！」

「ね、やっぱり血筋をひいてるんだね」

ツアー（？）に参加した女の子たちが拍手をした。

武藤正治という男、確かにＴＶドラマの主演俳優には似ていなくもないが、本物の肖像画とは似ても似つかない。

エリカは、他の女の子たちが次々に一緒に写真を撮ったりするのを、苦笑しながら眺めていたが——。

「今、そんなこと言われても……」

エリカの鋭い耳が、廊下での立ち話を聞きつけていた。

そっと障子のそばへ寄ると、

「——いい加減にしてくれよ」

と言っているのは、番頭の浅原。

「ついこの間上げたばっかりじゃないか」

「おい、一人当たりいくら取ってるか、ちゃんと分かってるんだぜ」

と言い返しているのは、ヤクザっぽい男で、

「おまえのとこが一人でいい思いしてるってのは許せねえな」

「冗談じゃない！　こっちだってぎりぎりでやってるんだ。女将さんがどんなに苦労してらっしゃるか――」

「いやならいいぜ。正治が、ただ名前が似てるってだけのアルバイト〈若様〉だってことを、バラしてやる」

「待てよ。――分かった。女将さんに話してやる。今夜は……これで」

「――何だ、これっぽっち？　ま、いいや。じゃ、しっかり話してくれよ」

「ああ、分かった」

――エリカは元の場所へ戻った。

名前が似てる？　――呆れた！

これじゃ詐欺だ。

女の子たちは、次々にケータイで〈若様〉の写真を撮って騒いでいた……。

真夜中の井戸

「この辺で降りよう」

と、浅原《あさはら》が言った。

ガタゴトいいながら、田舎道を走っていた小型トラックはやっと停まった。

「尻が痛くなったぜ……」

「おい、日当は出るのか？」

口々に文句を言いつつ、荷台から降りてきたのは、手に手にシャベルやつるはしを持った男、五、六人。

「そう文句言うなよ」

と、浅原は言った。

「あの井戸を、万一調べられたら、どうなるか分からないぞ。あの女子学生は、もしかすると、専門家に話をするかもしれねえ」

「分かってるよ」

と、肩をすくめ、

「今夜中に片づけちまえばいいんだろ」

男たちは、大きなライトを手に、林の中へと入っていった。

「――どの辺だっけ？」

「この先だと思うが……」

「夜だと分からねえな」

木立の間を抜けて、やがてライトの中に、崩れかけた井戸が見える。

「これだ！」

「放っといたって壊れちまうぜ」

「井戸があったって分からないようにするんだ。――バラバラにして、どこかへ捨てよう」

「簡単だ。一発ガツンとやりゃ、バラバラだよ。——よし、見てろ」

力自慢らしい男が腕まくりして、ハンマーを大きく振りかぶると、井戸へ叩きつけようとして——。

「ワッ！」

後ろへ引っ張られるようによろけて、尻もちをついてしまった。

みんなが大笑いして、

「何やってんだ！　みっともねぇ」

「いや……。妙だったんだ。誰かに後ろへ引っ張られたみたいで」

と、立ち上がると、

「よし、見てろ！」

と、もう一度ハンマーを振り上げ、今度は井戸を一撃——。

だが、ハンマーは男自身の足を、思い切り叩いてしまった。

「いてえ！　——助けてくれ！」

男は足を抱えて転げ回った。

「何て無器用なんだ！　自分の足を殴るなんて」

「骨が折れてるかもしれねえ」

と、浅原が言った。

「医者へ運ばねえと」

「仕方ねえな。――おい、二人ついてトラックで運んでってやれ」

苦痛に呻《うめ》き声を上げる一人を両方から支えて連れていくと、後は三人残っただけ。

「やれやれ……。じゃ、おまえたち、やれよ」

と、浅原はため息をついて、他の二人へ言った。

「よし、見てろ」

中で若い男が、手にツバを吐いて、ハンマーを拾い上げると、頭上高く振り上げ、井戸へと振り下ろした。

狙いたがわず、ハンマーは井戸を叩き壊した――かと思うと、

「ワッ！」

男はハンマーを放り出した。

「おい、どうしたんだ。壊れてないぞ」

「手が……しびれて」

と、男は両手を広げて、

「この井戸——鋼鉄でできてるのか？」

「何だと？」

「ハンマーが当たったら、ガーンと手にしびれがきて……。ものすごく固いんだ」

「そんな馬鹿な！」

浅原は腹立たしげに、手で井戸を触ったが、反射的に手を引っ込めて、

「どういうことだ……。凍りついてる！　まるでドライアイスみたいに冷たい！」

三人は顔を見合わせた。

「これって……普通じゃないぞ」

「じゃ、何だっていうんだ？」

三人は、もう井戸へ手が出せないまま、しばらく突っ立っていたが、

「戻ろう」

と、浅原が言った。

「いいのか？」

「仕方ない。こんなこと……あり得ない話だけどな」

「女将《おかみ》さんに叱られるぞ」

「話してみるさ。――ともかく今夜は帰ろう。こんなこと、恐ろしい」

三人は足早に立ち去っていった……。

木立のかげから、クロロックとエリカが現れた。

「催眠術が効いたな」

と、クロロックが言った。

「けが人、約一名ね」

と、エリカは言った。

「でも、なぜこの井戸を壊そうとしたのかしら？」

「ここに、何か人に知られたくない過去を閉じこめてあるのだろう」

クロロックは言った。

「おまえが『声』を聞いたのも、ここなんだな?」

「うん。確かに、『助けてくれ』って……」

そのとき、二人ははっきりと聞いた。

「助けてくれ!」

という声を。

「お父さん!」

「この井戸の中だな。しかし、助けるわけにはいかん」

「でも——」

「あれは遠い昔の声だ。そのこだまが、響いているのだ」

「こだまって……。今ごろまで?」

「聞いてくれる者がやってくるのを、じっと待っていたのだろう。——哀れな声だ」

「うん。絶望した声だった」

「戻ろう。——明日、あの〈ムネちゃん〉ファンの女の子たちを連れてきてやるのだ」
と、クロロックは言った。

昔の響き

「夜中でもお風呂に入れるのがいいね」

と、大月千代子《おおつきちよこ》は言った。

「でも、夜中にゃ何も食べるものがない」

橋口《はしぐち》みどりは真顔で言って、

「近くにファミレス、ない？」

「ちょっとは我慢しなさいよ」

と、千代子が呆れて言った。

「だって、お腹空いてるときにお風呂に入ればもっと空くのよ」

——千代子とみどり、二人で夜中に大浴場に行ってきたところだ。

「ああ暑い！」

千代子はロビーのソファに座って、

「少し涼んでいくわ」

「私もここにいる」

と、みどりもソファにかけて、

「誰かが、同情して食べるもの、持ってきてくれるかもしれない」

「ちょっと、やめてよ」

千代子が苦笑する。

千代子がマッサージチェアを使い始めると、みどりは退屈そうに欠伸《あくび》をした。

退屈しのぎというわけで、みどりはロビーの壁にズラッと並んでいるＴＶドラマの写真パネルを眺めていった。

「――これ、何かしら？」

どう見ても、「邪魔だ」という感じで隅の方へ追いやられているガラスケース。

中に、丸い胴体の楽器が入っている。

「千代子、これ、何ていうんだっけ？」

と、みどりが声をかける。

「え？」

千代子はマッサージチェアを止めて、やってくると、

「これ――琵琶じゃないの」

「食べる方のびわじゃないのね」

まだ食べものに未練があるらしい。

「楽器よ。これ、かなり古そうね」

と、千代子は興味深げに覗き込んで、

「奏《ひ》けるのかしら」

「でも――ただ置いてあるだけでしょ」

「バチもあるじゃない。――私、以前、ちょっとだけやったことがあるの」

「へえ、千代子が？」

「あ、扉が開く」

　ガラスケースの扉は鍵もかかっていない。

　千代子は中に立ててあった琵琶をそっと取り出すと、大きなバチをつかんで、その角で弦をちょっと弾《はじ》いてみた。

「あ、ちゃんと音がする」

　と、みどりが面白がっている。

「当たり前よ、ギターと同じじゃない。弦を弾けば音がするわよ」

「何かやってよ、一つ」

「曲なんか忘れちゃった」

　千代子は丸い胴体の琵琶を膝の上に立てて置くと、バチでジャン、とかき鳴らした。

「わ、いい音」

　弦も楽器も古いのだろう。ジャンジャンと鳴らすと、どこか遠くから聞こえてくる響きのよう。

「――何だか、ちょっと思い出してきたな」

千代子は左手の指で弦を押さえ、ゆっくりと簡単な調べを奏でた。

「ひなびた音色だね」

と、みどりが言った。

楽器が鳴って、ロビーにその音色が響き渡る。

すると――二人は気づかなかったが、ロビーの周囲がフッと暗くなった。

千代子が、思い出したシンプルなメロディを奏《ひ》いていると、周囲の闇は少しずつ濃くなって、その中に何か動くものがあった……。

「――何かあったよね」

と、みどりが言った。

「ほら、琵琶法師が幽霊にとりつかれる……。あ、〈耳なし芳一《ほういち》〉だ」

「死んだ平家《へいけ》の侍たちの亡霊が出てくるのよね」

と、千代子が肯《うなず》いて、

「大丈夫、私、そんなに上手くない」

と言ったが——。

「え？」

いやに辺りが暗いと思ったら、二人を取り囲むようにして、鎧、兜の武者が十人ばかり、立っていたのだ。

「これ……何？」

兜の下からは青白い顔がのぞき、鎧は折れた矢がいくつも刺さり、またボロボロに裂けていた。

「こんなイベント、やるんだったんだ」

と、みどりが笑って、

「前もって言っといてくんないと、びっくりするじゃない！」

だが、その武士たちは、生気のない目で、じっと二人を見つめるばかり。

「もしかして……本物？」

と、みどりが呟く。

そのとき、

「消え失せろ！」

と、力強い声がロビーに響き渡ったと思うと、みどりと千代子を囲んでいた武士たちはまるで強烈な風に吹き飛ばされるかのように身もだえしながらはじかれて、消えてしまった。

同時にロビーに一瞬にして明るさが戻った。

「——千代子！　みどり！　大丈夫だった？」

エリカが駆け寄って、

「何してたの？」

「あの……この琵琶を……」

と、千代子もさすがに真っ青になっている。

「古いものだな。——弦を鳴らす音だけで、昔の亡霊を呼び寄せたのだ」

と、クロロックは言って、琵琶を手にする。

「——何かございましたか」

番頭の浅原《あさはら》がやってきた。

「番頭。この琵琶は、どういう由来のものなのだ？」

と、クロロックが訊《き》く。

「はあ……。武藤《むとう》家の土蔵を取り壊すとき、中を整理したら出てきたのです。どういうものかは分かりませんが、ロビーに飾っておきました。ただ、TVドラマのパネルを並べるので、今はあの隅っこに……」

「そうか」

クロロックは琵琶を浅原へ渡し、

「どこか寺にでも納めて、供養してもらうのだな」

「はあ……」

浅原はわけが分からない様子だったが、

「しかし、今の武藤家というのは、あの武藤宗正《むねまさ》とは何の縁《ゆかり》もない家なんです。たまたま同じ姓なので、TV人気にあやかって、〈若殿〉なんて言ってますが……」

「それはどうかな」

と、クロロックは首を振って、

「当人たちは知らなくても、実は武藤宗正の正統な子孫かもしれんぞ」

「は……」

浅原は目をパチクリさせた。

そこへ、

「お客様」

と、立っていたのは女将《おかみ》だった。

「失礼いたします。ここの女将、芹沢《せりざわ》ゆかりと申します」

「芹沢って、あのドラマに出てこなかった?」

と、エリカが言った。

「はい。芹沢家は、武藤宗正の家老職でございました」

「じゃ、あなたは──」

「その末裔でございます」

と、女将は言った。

それを聞いて浅原が目を丸くした。

「女将さん、今までそんなこと一度もおっしゃいませんでしたよ！」

「言いたくなかったのよ」

と、芹沢ゆかりは言った。

「ですが、TVを見たお客様が喜ばれますよ」

芹沢ゆかりは、ただ首を横に振っただけだった。

「その琵琶のことも、知っていたのだな」

と、クロロックが言った。

「はい。武藤宗正のお気に入りの琵琶法師が使っていたものでございます」

「これは危険だ。亡霊を呼び寄せたぞ」

「恐れ入ります。火にくべて燃やしてしまいましょう」

「女将さん、それは――」

「でも、この場所で奏《ひ》かなければ大丈夫かと思います」

「というと」

「今のお城は、武藤家とは何の関係もない土地に建てられているのです」

と、ゆかりは言った。

「本当の城は、ここにあったのです」

城が泣く

「これって、何のイベントなの？」

と、ゾロゾロ歩きながら、女子高校生たちが話している。

高校生だけでなく、女子大生、ＯＬも何人か交じっていた。

バスであの真新しい「お城」まで行くと、一行は外れの雑木林へと入っていった。

女将《おかみ》の芹沢《せりざわ》ゆかりと、番頭の浅原《あさはら》も一緒だ。いや、芹沢ゆかりが案内しているのである。

ゆかりは足を止めると、

「皆さんは、あのお城が古いものでないことはご存じですね」

と、木々の間から見える白い城を見て、

「あれはTVドラマに合わせて、そっくりに建てたものです。でも、もちろん、本当に城はあったわけで、その場所には今皆さんがお泊まりの旅館が建っています」

みんなびっくりして目を丸くしている。

「ここには、城でなく、小さな砦があったのです」

と、ゆかりは続けた。

「戦いのための砦ですから、結局は焼けてなくなってしまったのですが……。あ、武藤《むとう》さん」

やってきたのは、「当主」の武藤正治《まさはる》だった。何だか落ちつかない様子で、

「どうも……」

と、小さく頭を下げた。

「若様だ！」

と、女の子たちが早くもケータイを取り出す。

「いや、僕は……。どうも気が咎めて仕方ないんです。皆さん、僕は武藤宗正《むねまさ》とは何の関係もありません。そりゃ、ずーっと遠い親戚かもしれないけど、子孫なんて

言えないんです」

この告白に、女性客から失望の声が上がった。

「まあ待ちなさい」

と言ったのはクロロックだった。

「あんたはそう思っとるが、私は古いものに関して鼻がきく。もしかして、あんたの親や、その親たちは、わざと武藤宗正とのつながりを否定していたのではないかな」

「でも……」

「この土地では、もともと武藤宗正は好かれていなかったのだろう。しかし、たまたまＴＶドラマで人気が出て、ここの観光の目玉にするために、宗正をドラマの主人公のようなヒーローに仕立てなくてはならなかった」

「おっしゃる通りです」

と、ゆかりが言った。

「それと深い係わりがあるのが、この古井戸だな」

クロロックは、崩れそうな古井戸へ歩み寄ると、その上に手をかざした。

やがて、井戸が細かく震え始めると、上をふさいでいた板がメリメリと音をたてて割れた。

「これは――」

と、浅原が目をみはる。

「私は何もしていない。呼びかけただけだ。この井戸の底からの力が板を割ったのだ」

すると――声が聞こえてきた。

クロロックとエリカだけではない。

その場にいる全員に聞こえてくる。悲しげな泣き声、呻《うめ》き声……。

やがては、言葉もはっきりと、

「助けてくれ！」

「お助けを！」

「死ぬのはいやだ！」

といった叫び声が飛び出してきた。

「——クロロックさん」

と、ゆかりが進み出て、

「この声は……」

「何百年も、この井戸の中に埋められていた叫びだ。——おそらく、この辺りの農民たちの声だろう」

「おっしゃる通りです」

と、ゆかりは目を伏せて、

「武藤宗正は、戦《いくさ》をしていないと退屈してしまう人でした。理由もないのに隣国へ攻め入ったりして、その度に、多くの農民たちが兵士として駆り出されたのです。——あるとき、刈り入れの時期に突然宗正は戦を始めると言いだし、大勢の者が兵士にされることに……。たまりかねて、農民たちが反乱を起こしたんです」

「しかし、鎮圧されてしまったのだな」

「はい。——でも、反乱に加わった者全部を罰すると、兵士のなり手がなくなります。宗正は、くじ引きで二十人を選び、罰することに……」

ゆかりは口ごもった。クロロックが代わって、

「その二十人を、この古井戸に生き埋めにしたのだな」

「――はい。ここはもともとかれてしまっていました。記録によると、二十人を一人ずつ井戸の中へ突き落とし、それも女房子供の目の前で、そしてその上から土をかけて、生きながら埋めてしまったのです……」

聞いていた女の子たちの間に、

「うそ……」

という呟きが洩れた。

「だって、おかしいわよ」

と、女子大生の一人が言った。

「ちゃんと史料が残ってるって、雑誌に出てたわ。宗正は領地の民と親しく接して、人望があった、って」

ゆかりが微笑んで、

「それは宗正が家来に書かせた文書です。もちろん、自分をよく書かせたに決まっています」

誰もが黙ってしまった。

悲痛な叫びは、やっとおさまった。

「――ドラマはドラマで、真実のはずはない」

と、クロロックは言った。

「そのドラマを愛するのも、それをきっかけに歴史に興味を持つのもいいことだ。しかし、作られた歴史でなく、本当の武将の姿も知っておくことだ」

「戦国の世、どの武将も同じようなことをしたでしょうね」

と、千代子《ちよこ》が言った。

「武藤さんに芹沢さん」

と、エリカは言った。

「ドラマの人気で観光客を呼ぶのも悪いことじゃありません。でも、せめてこの井戸をちゃんと遺《のこ》して、供養してあげてはどうですか？」

「そうですね。——考えませんでした。ただひたすら、暗い部分は忘れようとしていました」

ゆかりは井戸の前で手を合わせた。

武藤正治も井戸のそばへやってきて、合掌した。

エリカが、ふと城の方を見て、

「お父さん！　城が……」

と、声を上げた。

みんなが一斉に城を見て、悲鳴を上げた。

真っ白な城の壁に、血が流れていた。

「あれは……」

「この者たちの恨みが、血となっているのだろう……」

白壁に、いく筋も血が流れていく。

誰もが息をのんで、その異様な光景を眺めていた……。

「皮肉なものだな」

と、クロロックは言った。

車で帰る途中、あの城のそばを通った。

今や、あの真新しい城は、〈血を流す城〉として有名になり、マスコミが殺到していた。

あの武藤正治も、本当に宗正の直系の子孫と分かり、芹沢ゆかりともどもＴＶに引っ張り出されている。

あの古井戸も、わずか数日で囲いができてお祓《はら》いをして、神社が建つことが決まった……。

「今度は、本当の宗正で稼げるわけね」

と、千代子が言った。

「ＴＶドラマのパネルだけ並べてるよりいいんじゃない？」

と、みどりが言って、

「でも、私はちょっと不満だな」

「何が？」

「あの旅館、急に混みだして、料理の量が明らかに減ったわ！」

みどりの言葉に、エリカたちはふき出してしまった。

「私も一つ、アルバイトやるかな」

と、千代子が言った。

「琵琶をひいて、亡霊たちを呼び出すの」

「本物は危ないわよ」

と、エリカが言った。

「そうね。——亡霊にはギャラ払うのかどうかも分からないしね」

千代子が真面目な顔で言った……。

吸血鬼と揺れる大地

揺れる

講義のメモを取る、神代《かみしろ》エリカの手が止まった。

「みどり、地震」

と、エリカが言った。

「え？　――どこが？」

半分――というか、九割方居眠りしていた橋口《はしぐち》みどりは、トロンとした目で言った。

「揺れが来る」

と、エリカは言った。

「そう？　私、全然……」

そのとたん、グラッと足下が揺れた。

「キャーッ！」

と、教室のあちこちで、女の子が悲鳴を上げる。

しかし、それほど揺れは大きくなく、エリカは落ち着いて、

「このままおさまるわ、大丈夫」

と、肯《うなず》いてみせた。

「――良かった」

エリカの前の席に座っていた女子学生が振り返って、

「神代さんって、敏感なのね！　揺れ始める前に分かったの？」

と訊《き》いた。

「親戚《しんせき》になまずがいるの」

と、エリカは真顔で言った。

前の席の子は、岩口美也子《いわぐちみやこ》という、おとなしい女の子で、エリカやみどり、大月《おおつき》千代子《ちよこ》の三人組が数少ない友だちだった。

「――私、家が山奥の小さな町なの」

昼休み、一緒に学食でランチを食べながら、岩口美也子は言った。

「私が子供のころ、地震でひどい目にあったのよ」

「へえ」

「それ以来、少しでも揺れると怖くて……」

学食へ入ってきた学生たちが、

「さっきの地震、N市の辺りじゃ、ずいぶん大きかったんだって」

「遠いよね、大分《だいぶ》。それであれだけ揺れたなんて……」

と、話しながらテーブルにつく。

「――どうしたの、美也子？」

と、みどりが訊く。

「ちょっと、今の話……」

美也子は立ち上がって、今の学生たちのテーブルへ行くと、

「ごめんなさい。今、地震の話で、N市がひどいって言った？」

「ああ。ケータイで見ろよ。N市の外れの……何とかいう町が特にひどいって」

「何て町？」

「何だっけ？　十何年か前にもひどくやられたって」

美也子が青ざめて、

「もしかして……朝焼町《あさやけちょう》？」

「あ、そうそう！　何か面白い名前だと思った」

「朝焼町が……また……」

美也子はフラッと元のテーブルへ戻ると、

「うちの辺りが……また……」

と、呟《つぶや》くように言った。

「ちょっと！　大丈夫？」

みどりがびっくりして、

「何か気付け薬でも？」

「失神してないでしょ」

と、千代子が呆れて言った。

「地震でやられたの？」

と、エリカが訊いた。

「そうらしい……。どうして同じ所に、二度も？」

「ちょっと待って。まず確認するのが大切よ。電話してみなさいよ」

「あ……。そうね」

美也子はケータイを取り出し、家へかけたが、

「――だめだわ。きっと集中してるのね」

千代子がケータイでＴＶのニュースを見ていたが、

「ちょっと！　これじゃない？」

と、美也子へ見せた。

「ここだわ！　私の家のある町……。朝焼町……」

「かなりひどそうね」

と、エリカは言った。

車が川へ落ちたり、橋が崩れたり、家も潰れている様子だった。

「父が……一人で雑貨屋をやってるの」

と、美也子は言った。

「近々、コンビニに改装するんだって張り切ってたのに……」

「でも——ご無事でさえいれば」

「ええ……」

と、美也子が肯く。

すると、美也子のケータイが鳴り出したのである。

「もしもし。——お父さん？　良かった！　無事だったのね！」

美也子は胸をなで下ろした。

「お店は？　——そう。でも、その程度で良かったわ」

エリカたちもホッとして、

「うん。それじゃ……」

美也子は急に体の力が抜けたようで、

「ああ……。寿命が縮まった！」

「大丈夫だったのね。良かったわ」

「ありがとう。ご心配かけて」

と、美也子は頭を下げて、

「父はけが一つしていないし、お店も、棚の物が落ちたくらいで済んだって」

「帰らなくていいの？」

と、みどりが訊いた。

「今は、道路もあちこち通れなくなってるし、無理しなくていい、って。――あんなに明るい父って珍しいわ」

「お一人なの？」

「ええ。母は……大分前に亡くなって、父と私だけが家族」

美也子は、安心した様子で、

「ランチ、冷めちゃったわね」

と、食べ始めた……。

欲　望

「おい、エリカ」

と、フォン・クロロックが言った。

「この間、おまえの言ってた、町が地震でやられた友だちだが……」

「ああ、岩口美也子《いわぐちみやこ》のこと？」

「町は何といったかな」

「ええと……。朝焼町《あさやけちょう》だ、確か」

と、エリカは言って、

「どうして？」

サンドイッチをパクつく。

お昼過ぎ、エリカの父、フォン・クロロックが社長をつとめる〈クロロック商会〉の近くのレストランである。

エリカが父を呼び出して、

「お昼、おごって！」

と、命令したのだから、クロロックに拒めるはずがない……。

「これを見ろ」

クロロックもランチを食べながら、たたんだ新聞をテーブルに置く。

「へえ、新聞なんて読むの？」

「当たり前だ。社長は世情をよく知らねばならんのだ」

と、クロロックは胸を張った。

フォン・クロロックは、ヨーロッパのカルパチア山脈からやってきた、「元祖吸血鬼」である。

日本で「雇われ社長」として働いていた。

「——朝焼町。そうそう、ここよ」

エリカは食事の手を休めて、その記事を読んだが……。

「これって、もしかして……」

「町で唯一の雑貨屋とあるから、おまえの友だちの家かと思ってな」

「たぶん、そうだね。でも、こんなひどいこと……」

記事は、〈薄い人情――ここが稼ぎどき〉とあって、あの地震で町がやられ、道路が通れなくなった何日間か、朝焼町の唯一の雑貨屋が、生活に必要な品――トイレットペーパーや、ロウソクから、ペットボトルのミネラルウォーターなどを、三倍から四倍の値をつけて売って大儲けしていた、というのだった。

「もし本当なら、美也子、ショックだろうな」

そのとき、エリカのケータイが鳴りだした。

「美也子だ。――もしもし」

出てみたが、何も言わない。

「もしもし、美也子？」

「エリカ……。ごめん」

涙声である。

「美也子。どうしたの？」

「あの……新聞、読んだ？」

「ああ。——これって、お父さんのこと？」

「そうなの……」

と、美也子は言った。

「ゆうべ遅くに、アパートに父が来て……」

ドアを開けて、美也子はびっくりした。

「お父さん！　いつ出てきたの？」

「今日の午後だ」

父、岩口圭介《けいすけ》は上機嫌で、

「おい、どうせ夜ふかしなんだろ。ちょっと出かけないか」

「今から？　どこに行くの？」

「そうだな。六本木《ろっぽんぎ》とか赤坂《あかさか》とか……」

「そんなお金……」

美也子は、そう言いかけて、

「お父さん、そのスーツ、新しいの？」

「ああ。どうだ？　アルマーニだぞ」

美也子は父を上げると、

「じゃ、本当なのね、あの記事」

と言った。

「記事？　ああ、新聞か。あんなもん、でたらめだ」

「嘘なの？　日用品を三倍も四倍もの値段で売ったって」

「ああ、でたらめさ」

そう聞いて、美也子は少しホッとした。

「良かった。まさか――」

「三倍、四倍？　冗談じゃない！　俺は十倍で売ってやったんだ！」

そう言って、岩口は大笑いした。

美也子は呆然と立ちすくんでいた。

「おかげでな、たった一週間で、あのちっぽけな店の一年分の売り上げがあったんだぞ！」

と、岩口は得意げに言った。

「でも、お父さん……。町の人に恨まれなかった？」

「かげじゃ何と言ってるか知らねえがな。面と向かって文句を言う奴はいないさ。今だってあの店がなきゃ困る奴がいくらもいるんだ」

「お父さん、そんな恥ずかしいこと、やめて！」

と、美也子は父の腕をつかんで、

「私、もうあの町に帰れないわ」

「帰ることもないさ」

「——どういうこと？」

「今に分かる。さ、仕度しろ。出かけよう」

混乱した美也子は、父にせかされるまま、ワンピースに着替えて一緒にアパートを出た。

確かにおかしい。

いくら十倍の値段で売ったといっても、もともとの値が高くない物がほとんどだ。こんなアルマーニのスーツなど買うというのは……。

タクシーを拾って、六本木へ出る。

「どこに行くの？」

と、美也子は訊いた。

「まあ、任せとけ」

と、岩口はニヤニヤ笑っているだけだ。

やがて車を降りると、

「さあ、ここだ」

美也子など、足を止めたこともない、〈クラブR〉という、妙にけばけばしい扉がある。

岩口が入って、

「成田《なりた》さんに」

と、黒服の男に言った。

「岩口といいます」

「伺《うかが》ってます。お待ちしてました。――どうぞ」

薄暗い店内へと案内される。

美也子は、まるで知らない世界を、ただ呆気に取られて眺めながら、父について
いった。

階段を上がると、広々とした部屋で、奥のソファに、男が一人、座っていた。

「これはどうも」

と、岩口が頭を下げ、

「娘の美也子です」

「いらっしゃい」

と、男は微笑んだ。

「成田さんとおっしゃって、ここのオーナーなんだ」

と、岩口が美也子に言った。

成田という男、たぶん父とそう違わない年齢だろう。四十八歳の父より少し上か。でも、五十代も半ばにはいっていないと思えた。

少なくとも、父よりは高級なスーツが似合っている。

「飲み物を。何でも好きなものを言いなさい」

と、成田が言った。

「私……。じゃ、お茶を下さい」

部屋には、大胆に肌を露出したドレス姿の女性が数人いて、成田のそばに寄り添っている。

「まあ、かけろ」

成田に言われて岩口がもう一つのソファに身を沈めると、その女性たちの二人がすぐに両側にピタリとついた。

岩口はブランデーなど頼んで、

「美也子。こちらの成田さんは〈六本木の神話〉と言われるほど成功した実業家でいらっしゃるんだ」

その〈六本木の神話〉が、父とどういう関係があるんだろう？

「——まあ一杯飲め」

成田自身もグラスを手にして、

「美也子君といったかな？　大学生か」

「はい」

「そうか。——私はね、お父さんについての新聞記事を読んだ。それで感心して、連絡を取り、東京へ来てもらった」

「感心……されたんですか」

「そうとも。並の人間にはなかなかできないことだ」

「してほしくもありません」

と、つい美也子は言い返した。

「おい、美也子！　失礼だぞ」

「いや、若い人がそう思うのは当然だよ」

「恐れ入ります」

「しかし、世間を知ると考えも変わる。美也子君だって、もし亭主と子供がいて、ぎりぎりの生活をしていたら、少しでも儲ける機会を逃さないと思うね」

「でも……」

「それはいずれ分かる。ともかく、儲けることは悪いことではないのだ」

堂々としたものの言い方。——美也子は、成田の言葉に反発しながらも、その自信に溢《あふ》れた姿に魅力も感じていた。

「私は、君のお父さんに新しく出す店を任せることにしたんだ」

「お店って……」

「クラブだよ。——金に余裕のある連中のための憩《いこ》いの場だ」

「父がそのクラブを？」

「支配人として雇うことにした」

「どうだ、美也子」

と、岩口は得意げに、

「父さんのことを、こんなに評価して下さる方もいるんだ」

美也子は何とも言えなかった。

こんな世界など全く知らない父に、店を一軒任せるというのだ。

「——そうそう」

と、成田は言った。

「支配人にはそれにふさわしい住まいが必要だ。この近くのマンションを借りておいた。家具付きだから、今夜からでも住める」

「それはどうも……」

「家賃は、今度の店の売り上げから払えばいい。美也子君も、今は小さなアパート住まいなんだろ？　そのマンションに一緒に住めばいいよ」

「そんな……」

六本木のマンション？　そんなところに住むなんて、冗談じゃない！

成田は立ち上がると、

「美也子君、おいで。店の中を案内してあげよう」

と言った。


「――何だか、悪い夢を見てるみたい」

と、美也子は言って、

「ごめんね、エリカ。誰かと話したくて」

「いいわよ。それで、お父さんは？」

「もう、そのマンションに泊まってる」

「美也子はどうするの？」

「さあ……。もちろん、今のアパートとは比べものにならない、立派なマンションだしね。でも、こんなこと、いつまでも続かないって気もして……」

美也子の声は、不安げだった。

変化

「美也子《みやこ》、どうしたんだろうね」

と、大月千代子《おおつきちよこ》が言った。

「そうね……」

エリカも気になっていた。

「私も心配」

と、橋口《はしぐち》みどりも言ったが……。

「その割によく食べてるじゃない」

と、千代子にからかわれている。

――昼休み、三人は学食でランチの最中である。

「エリカ、何か聞いてないの？」

「私も、ここんとこレポートで忙しくて、こっちからは連絡してないんだ。——美也子から電話があってから……もう二週間くらいたつかな」

「その六本木のクラブのオーナーっていうの、どうなったんだろう？」

と、みどりが言った。

「美也子のお父さん、小さな雑貨屋さんをやってたんでしょ？　六本木のクラブの支配人なんかやれるのかしら」

千代子の言葉にエリカも同感だった。

「まあ、失敗すればお父さんも目が覚めるんじゃないかな。美也子が巻き込まれないといいけど……」

と、エリカが言って、お茶を飲んでいると、みどりが目を丸くして、

「見て！」

「え？」

「あれ……美也子？」

エリカは学食の入り口の方を振り向いてびっくりした。真っ赤なスーツを着た美也子が学食へ入ってきたのだ。化粧もして、髪も染めている。

大学で会ったのでなければ、美也子と分からないかもしれない。

「エリカ!」

と、美也子は楽しげに手を振ってやってくると、

「連絡しなくてごめん!」

「いいけど……。美也子、ずいぶんイメージチェンジしたね」

「うん! どう? カリスマって言われてる美容師さんにやってもらったの。似合う?」

「すてきだよ」

「ねえ、私、こんな暮らしがあるんだってことを初めて知ったわ。人生を楽しむって、悪いことじゃないわね」

美也子は目を輝かせていた。

着ているものも、手にしたバッグも、一流ブランド品だ。

「お父さん、支配人をやってるの？」

「うん。張り切ってるわ」

と、美也子は肯《うなず》いて、

「ね、三人で遊びに来てよ。早い時間なら、お店も空いてるし」

エリカは目を丸くして、

「私たちが六本木のクラブに行くの？」

「いいじゃないの、雰囲気を味わって。ま、ちょっと趣味悪いけどね」

美也子は肩をすくめて笑うと、

「そうだ。エリカのお父さんって社長さんでしょ？　だったら、お客の接待に、あいうところも知っておいた方がいいわよ。ぜひ一緒に来て」

それだけ言うと、美也子は立ち上がり、

「じゃ、私、これから出かけるから」

「美也子、授業は？」

と、千代子が訊く。

「ごめん、今日これから車で箱根《はこね》まで行くの。有名人の集まるパーティがあって」

「じゃあ、もしかして……成田《なりた》って人と一緒？」

と、エリカが言った。

「うん！　私にね、いろんな新しい世界を見せてくれるの！　私、今まで世の中のこと、何も知らなかったんだわ」

美也子は目を輝かせて、

「じゃ、クラブに来る日が決まったらメールしてね！」

と言うと、さっさと学食を出ていった。

エリカたちはちょっと呆気に取られていたが、入れ代わりに学食へ入ってきた女子学生が、

「あれ誰かしら？　凄いスポーツカーが停まってるわよ」

と言うのを聞いて、一斉に席を立った。

表に出てみると、イタリア製の真っ赤なスポーツカーが停まっていて、美也子が

乗り込むところだった。

エンジンの音を響かせて、スポーツカーは大学から走り去っていった。

「——あれ、その成田って男ね」

と、みどりが言った。

「美也子があんなに変わっちゃうなんて……」

と、千代子も唖然としている。

三人は学食へ戻ったものの、しばし言葉もなかった。

「——美也子、もしかして、成田って男と?」

と、みどりが言った。

「あり得るわね」

エリカは肯いたが、

「でも——あんな変わりようは、何だか不自然だわ。気になる」

「今まで、ぜいたくと縁がなかったから、ポーッとなってるのよ」

「みどりの言う通りかもしれないけど……。心配だわ」

「エリカ――」

「行ってみましょ、そのクラブってところに」

エリカはそう言って、

「タダでいいのかしら？」

と、いささか不安そうに呟いた。


「いらっしゃいませ！」

「お待ちしておりました」

スラリと背の高い、華やかな若い女性たちが、店に入ったクロロックを取り囲んだ。

「フォン・クロロック様って、どこかの貴族ですか？　すてきなお名前！」

「渋いわ、そのマント！」

「ねえ、吸血鬼ドラキュラだわ、まるで」

クロロックはたちまち奥のソファに連れていかれ、五、六人の女性たちにピタリと左右を挟まれた。

呆気に取られていたのは、エリカたち三人。

「ま、時間早くて、空いてるからね」

と、エリカは言った。

確かに、まぶしくなるような金ピカのインテリアの店内、他にまだお客はいない様子だった……。

「いらっしゃい！」

美也子がやってきた。

「父が連れてかれちゃったよ」

「大丈夫、ちゃんと私のお客だって言ってある。――ね、私たちは他の席に行きましょ」

美也子とエリカたちは、クロロックとは離れたソファに落ちついた。

「やあ、いらっしゃい」

「お父さん。私の大学のお友だちよ」

紹介されたエリカは、会釈《えしやく》しながら、タキシードに蝶ネクタイの岩口圭介《いわぐちけいすけ》をまじまじと眺めていた。

「――岩口さん」

と、女性の声がした。

「これはどうも」

岩口が深々と一礼する。

「美也子さんのお友だちですって?」

三十代半ばか、一種妖艶な雰囲気を漂わせた女性で、

「いらっしゃい。ゆっくりしていってね」

成田耕一《こういち》の妹、マリアと紹介された。本当に妹なら、ずいぶん年齢が離れている。

「お客様にご挨拶してきましょ」

マリアはクロロックのいる席へと行ってしまった。

「きれいな人でしょ」

と、美也子は言った。

「みんなを指導してるの。お客様との接し方とかね」

しかし、エリカは他のことが気になっていた。

「あの人、ヨーロッパの人？」

「マリアさん？　ああ、なんだか成田さんが言ってたわ。どこだか東欧の国の人とのハーフだって。エリカも向こうの血が入ってるんだよね」

「まあね……」

エリカは、マリアという女の香水のきつい匂いが気になっていたが、それだけではなく、その香水に混じって、他の匂い――血の匂いがするような気がしていたのである……。


夜も時間が遅くなるにつれ、店も混みだして、クロロックの周りに集まっていた女性たちもあちこちの席に散っていった。

エリカたちは、お酒などほとんど飲まないので、食事を取ってもらって食べながらおしゃべりしていた。

「ちょっとごめん」

エリカは立ち上がると、奥の化粧室へと歩いていった。

クロロックが、植物の鉢のかげで待っている。——エリカはクロロックが遠くから合図するのを見ていたのだ。

「お父さん、さっきマリアって人が——」

「うん。怪しいな。血の匂いがした」

「やっぱり？」

「この店自体、どうもまともでない気がする」

と、クロロックは中を見回して、

「おまえの友だちだが、大分舞い上がっとるな」

「そうだよね」

と、エリカは肯いて、

「美也子、あんな子じゃないと思ってたんだけど……」

「人間は、それまで知らなかったぜいたくを突然経験すると、もろいものだ」

「でも、きっと一時だけだと思うよ。もともと地道に努力するのが好きな子だもの」

「だといいがな……」

クロロックは考え込みながら、

「──そろそろ、我々は引き上げよう。これからは、おまえたちのような若い者のいる時間ではない」

「分かった。──じゃ、席に戻って、美也子にそう言うよ」

「そうしてくれ。後でいくら請求書が来るのかな」

「美也子は、お金なんて取らないって……」

「どうかな。父親はこの店の利益を上げるのに必死だ」

「あんまり高かったら、美也子に言うよ」

と、エリカが言ったとき、突然店内の明かりが一斉に消えて、真っ暗になってしまった。

損害

一瞬、暗闇の中で店はシンと静まり返った。

それから、

「おい、どうしたんだ？」

「これも何かの趣向か？」

といった客の声がした。

すると、誰か女性の悲鳴が聞こえた。

「――誰かいるわ！　忍び込んできた人が」

店内がザワついた。

「おい、非常灯は点かないのか！」

と、怒鳴る声。

「キャーッ！」

と、叫び声が上がって、

「煙！　煙だわ！　火事よ！」

そのひと言で、たちまち店内は騒然となった。このままじゃ、パニックになって、
店内が大混乱になる、とエリカは思った。

実際、逃げ出そうとして、グラスを叩き落とし、砕ける音がした。

そのとき、

「静まれ！」

と、響き渡る声を出したのはクロロックだった。

「誰も動くな！　今動くとけがするだけだ」

「しかし火事が――」

「これは火事の煙ではない」

と、クロロックは言った。

「私は人一倍鼻がきく。それに暗がりにも他の者より目がきくのでな。大丈夫だ！　今は落ちついてじっとしていることだ」

店中によく通るクロロックの声は、居合わせた客たちの焦りを鎮めたようだった。

店内が静かになる。

「それでいい。動けば、グラスの破片を踏んだりしてけがをするだけだ。暗くて不安なら、ライターの火でも、結構明るくなるぞ。明かりが点いたときに、みっともない姿になっとらんように、特に客の男性たちは用心することだ。カツラの外れてる者はおらんか？」

クロロックの言葉に笑いが起こった。

そうするうちに明かりが点いた。

自然に拍手が起こる。クロロックは一礼して、

「さて、帰るか。エリカ」

「うん」

エリカはホッとした。

「どうもありがとうございました」

表まで見送りに出て、美也子《みやこ》は言った。

「いやいや、声が大きいのが役に立ったな」

クロロックが、珍しく謙遜している。

「いえ、あのままだったら、大騒ぎになって、けが人が大勢出てたでしょう。お店も潰れていたかも。――本当に助かりました」

「ところで、あんたの父親はどこにいた？」

「父ですか？　さあ……。肝心のときにいませんでしたね。よく言っときます」

クロロックたちは夜道を歩いていった。

――それを見送っていた美也子は人の気配に振り返った。

「あ、マリアさん。何でもなくて良かったですね」

「そうね」

マリアは、クロロックたちの姿が見えなくなると、

「——あの人は、お友だちのお父さん？」

「ええ。東ヨーロッパの人らしいです。ルーマニアとか」

「なかなか立派な人ね」

「ええ。エリカもとてもいい子です」

そこへ、

「美也子……」

「お父さん！　どうしたの？」

美也子はびっくりした。父のタキシードやシャツが埃だらけだ。

「何だか……よく分からん。ワインを取りに、ワインセラーへ入ったら、突然目の前が暗くなって……」

「気をつけてよ！　少し働き過ぎなんじゃない？」

「あら、岩口《いわぐち》さんには頑張っていただかないと」

と、マリアが言った。

「ええ、もちろんです！　今が人生の頑張りどころですよ」

「その意気だわ。――じゃ、私は帰るわ。兄に今夜のことは伝えておくから」

「はあ」

と、岩口は、マリアがタクシーを拾っていくのを見送って、

「おい、美也子、何かあったのか？」

「いやだ、聞いてないの？　ゆっくり話してあげる」

美也子と岩口は、クラブの中へと戻っていった……。


「お呼びですか」

岩口はオフィスの入り口で足を止め、一礼した。

「入ってくれ」

成田耕一《なりたこういち》が奥のデスクから言った。

奥の、と言えば本当に「奥」で、広いオフィスにはパットゴルフのコースから池まで造られている。

「先月の成績は良かったな」

と、成田はデスクに置かれた資料をめくって言った。

「恐れ入ります」

「初めの三カ月にしては上出来だ」

成田にほめられて、岩口は顔を上気させると、

「私には過ぎたお言葉で」

と、深々と頭を下げた。

「礼を言うのは早い。話は終わっていない」

と、成田は淡々と言った。

「はあ……」

「この伝票だが」

と、成田が取り出したのは、分厚い伝票の束で、

「ああ、〈K交易〉さんですね。ほとんど毎晩のようにお使いいただいています」

クラブの最上の客の一つである。むろん「社用」なので、請求は月末にまとめて会社へ送る。

「何か問題が？　ずっとお支払いも順調ですが」

「知らないのかね」

と、成田は言った。

「〈K交易〉は先月倒産した」

「は……」

岩口は呆然としていたが、

「先月……ですか。しかし、今月もずっとおいでいただいていますが……」

「初めから踏み倒すつもりさ。しかも先月分だってまだ払っていない。もちろん払えるわけがない」

「そんな……」

岩口の顔から、徐々に血の気が失せていった。

「先月分だけで数百万。今月はどれくらいになってる？」

「それは……戻って調べませんと……」

「月に何百万も使う上客は、一歩間違えれば命とりだ。どの業界にも目を配って、景気はどうか、危ない会社はないか、気をつけておくのは、支配人として当然だろう」

「申し訳ありません……」

「謝ってすむことじゃない。君の店の損害を、結局グループ全体でかぶらなくちゃならんのだからな」

岩口は汗がこめかみを伝い落ちるのを感じた。成田は冷ややかな目で岩口を見ると、

「君にはやっぱり田舎の雑貨屋の主人が似合ってるのかもしれんな」

「社長……」

「失望したよ、君には」

成田はちょっと手を振って、

「もう行っていい。近々、代わりの支配人が店に行く」

「待って下さい」

岩口はデスクへしがみつくようにして、

「一度だけ——一度だけ見逃して下さい！　今後は決してこんな失敗はしません！　お願いです！」

上ずった声で、哀願する。

「これは君個人の問題じゃない。グループの他の店の者がどう思うかだ。君を特別扱いはできない」

「そこを何とか！　——今さら、あの町へは帰れません」

「それは俺の知ったことじゃない」

と、成田ははねつけるように言ったが、

「そうだな……。一つ、頼みを聞いてくれたら、目をつぶってやってもいい」

岩口は目を見開いて、

「何でもおっしゃって下さい！」

と言った。

犠牲

「お父さんは行かないの?」

と、姿見の前に立って、美也子《みやこ》は言った。

「ああ……」

岩口《いわぐち》は娘の姿を見ていたが、

「美也子、おまえ……」

「なあに?」

美也子は振り向いた。

「いや……。おまえ、成田《なりた》さんと……その……」

口ごもる父親を見て、美也子はちょっと笑った。

「心配しないで。成田さんは大人じゃないの。私とは親子くらい年齢が違う。いろいろ、連れてってもらったりして感謝してるけど、それ以上じゃないわ」

「そうか」

美也子はイヤリングを付けて、

「どう？　似合う？」

「うん、きれいだ」

と、岩口は言って、

「なあ美也子。今夜は——帰ってこなくてもいいぞ」

「え？」

美也子はびっくりして振り向いた。

「お父さん、それってどういうこと？」

「つまり……そういうことだ」

「わけの分からないこと言わないでよ！」

「成田さんが……おまえのことを……」

美也子はまじまじと父親を見て、

「お父さんに話があったの？」

「うん」

しおれ切った父親の様子に、美也子は初めて気づいた。

「――何があったの」

と、美也子は言った。

岩口は、大口の客の倒産のことを話すと、

「――こんなチャンスは、人生にもう二度と来ない。お願いだ、美也子！　成田さんのところに……泊まってくれ」

美也子はしばらく無言でいたが、やがてハッとして時計を見ると、

「もう行かなきゃ」

と、立ち上がった。

「美也子――」

「私、自分のことは自分で決めるわ」

そう言って、美也子は足早にマンションを出ていった……。


マンションの表には、成田が回したハイヤーが美也子を待っていた。

白手袋の運転手がドアを開けてくれる。

美也子は車に乗り込むと、心地良く座席に身を委《ゆだ》ねた。車が滑《なめ》らかに走り出す。

美也子のケータイが鳴った。

「——もしもし」

「美也子、エリカよ。どうしてる？」

「ああ……」

「ここんとこ姿見ないから心配になって」

「ごめん、ちょっと忙しくて……」

「でも、美也子は大学生だよ。忙しいって、何かあったの？」

そう訊かれると、美也子も返事ができない。

「——ね、美也子、父が心配してるの。あなたのお父さん、成田って人を信じてるようだけど、本当のところ、怪しい気がする」

「エリカ……」

「冷静になって、よく考えてね。お父さんにいきなりあんな店を任せるなんて、普通なら考えられないわよ」

エリカの言葉が胸を刺す。

「分かってるけど、エリカ……。もう戻れないよ」

と、美也子は言った。

「どういう意味？」

「お父さんも私も、こんなぜいたくな生活に慣れちゃって、今さらあの町の暮らしには戻れない」

「美也子――」

「私、今から成田さんと食事なの。そして今夜は帰らない。成田さんのところに泊まることにしたの」

「それって――美也子自身が決めたの？」

「当たり前でしょ。私、もう子供じゃないもの。誰とどうなったって、自分の責任ですることなら構わないでしょ」

美也子は早口で言って、

「いい思いをするんなら、代償を払うのは当たり前だものね。そうでしょ？」

「待って、美也子。もう一度考えて」

「遅いわ、今さら。大学、もうやめるかも」

と言うと、美也子は通話を切って、電源も切ってしまった。

美也子は大きく息をついて、座席に身を沈めた。

これでいいんだわ。――今夜も、すてきにおいしい料理をいただくんだわ。

この楽しみのためなら！　この楽しみを諦めるなんて、とんでもないわ！

美也子は、車の窓から、華やかな都会の夜のまぶしい光景を眺めていた……。

「成田さん……」

酔っていた。

ワインも、いつも以上に飲んで、体が熱く燃えるようだった。

成田のマンションは豪華で広々として、夢でも見ているかと思った。

「この日を待っていたよ」

と、成田は言うと、上着を脱いで、美也子を軽々と抱え上げた。

——寝室はほの暗く、大きなベッドが美也子を待っていた。

「君が、すすんで僕のところへ来てくれるのを待っていたよ」

ベッドに美也子を横たえると、成田はかがみ込んでキスした。

「私も……待ってました」

美也子は胸が苦しいほど緊張していた。

「君は何も心配しなくていい。僕にすべて任せておけば」

「はい……」

「さあ、目を閉じて」

美也子は目をつぶった。

成田の重みを体に感じる。成田が美也子の白い首筋に唇を這わせて、美也子は吐息を洩らした。

　その瞬間、

「待て！」

　と、声がして、成田がハッと顔を上げた。

　美也子は目を開くと、

「クロロックさん？」

「その娘の血を吸うな」

　と、クロロックが言った。

　血を吸う？　――成田を見た美也子は、成田の鋭く尖った牙を見て、

「キャッ！」

　と、転がって逃げた。

「おまえも吸血族だろう！」

　と、成田が言った。

「どうして邪魔をする！」

「人間の社会で生きていくには、この世の中に適応するしかないのだ」

「ふざけるな！　俺には誇りがある」

「罪のない娘を騙して、犠牲にするのが誇りなのか」

「おまえなど……。マリア！　マリア、出てこい！」

と、成田が呼んだ。

「お気の毒ですが」

エリカが寝室へ入ってきた。

「マリアさんは、クラブのお客の血を吸おうとして油断していました」

「マリアは……」

「灰に還った」

クロロックの言葉に、成田はよろけて、

「マリアが……」

成田は目を血走らせて、

「貴様！」

と、クロロックへと飛びかかった。

美也子は思わず目をつぶった。

そして――激しい風が起こって、寝室の中に渦巻いた。

美也子は、肩に置かれた手を感じて目を開けた。エリカが微笑んで、

「終わったわ」

と言った。

寝室の中は、何の変わりもなく静かだった。

「あの人は?」

「消えたわ。あなたのような娘が進んで与える血が必要だったの。そのために、お父さんにクラブを任せたのよ」

そのとき、寝室へ駆け込んできたのは、岩口だった。

「お父さん!」

「美也子! 大丈夫か!」

岩口は駆け寄って娘を抱きしめた。

「岩口さんは、あんたのことを気づかって、ここの場所を教えてくれたのだ」

と、クロロックが言った。

「クロロックさん……」

「エリカ、帰ろう」

「うん」

「待って! エリカ。——ごめんね」

と、美也子は言って、エリカの手を取ると、

「私……目がくらんでた。この暮らしに」

「吸血鬼に血を吸われるより恐ろしいかもしれんな」

と、クロロックは言った。

「人間、一度ぜいたくを覚えてしまうと、その魅力から抜け出せないものだ。その点で、成田は巧妙に人の心を操った」

岩口は娘の肩を抱いて、

「身のほどを知らなかった私が間違っていたんです。また田舎へ帰って、町の再建

のために力を尽くしますよ」

「お父さん……」

「あの店をコンビニにして、商売を続けていくさ。——当分は借金暮らしだな」

「うん……。私、お茶漬けが食べたいわ」

と、美也子が言って、父親の肩に頭をもたせかけた。

「時に相談だが……」

と、クロロックが言った。

「この前の請求だが、少し割引いてくれないか？」

「お父さん！　あの後もクラブに行ったの？」

「涼子《りょうこ》には内緒だぞ！」

クロロックはエリカをつついて言ったのだった……。

解説

斉《さい》藤《とう》壮《そう》馬《ま》

赤川次郎さんの本を手に取ったのは、おそらく小学校の学級文庫で、「三毛猫ホームズ」シリーズを手に取ったのが最初だったように思います。あるいは読書好きな祖母の本棚で見つけ、拝借したのかもしれません。ともかく、それくらい人生の早い段階で赤川さんの作品に出会っていたように記憶しています。

しかし、正直に申し上げると、今回お話をいただいた「吸血鬼はお年ごろ」シリーズは未読でした。そんな私が担当してもよいものかと悩みましたが、その旨をお伝えしたところ、「むしろ今触れた感想をこそ書いてもらいたい」とあたたかいお言葉を頂戴しました。ですので、僭越《せんえつ》ながら、自分なりに感じたことを素直に書いてみようと思います。

この「吸血鬼はお年ごろ」シリーズの初巻、『吸血鬼はお年ごろ』が世に出たのは、一九八一年。そこから巻数はよどみなく増えてゆき、二〇二二年現在では、なんと四十作品もリリースされています。

私は一九九一年四月生まれですが、その段階ですでに十巻目が書かれているとは、シリーズの人気はもちろんのこと、赤川次郎さんという作家のすごさを再認識しました。

この文章をお読みの方は、もちろんシリーズを追っていらっしゃることと存じますが、もしかしたらここから初めて触れる方がいらっしゃるかもしれませんので、簡単な概要を説明しておきます。

主人公である神代《かみしろ》エリカは、吸血鬼である父・クロロックと人間の母の間に生まれました。物語開始時は高校生でしたが、現在は大学生。高校時代からの友人・大月《おおつき》千代子《ちよこ》と橋口《はしぐち》みどりとは、今でも行動を共にしています。クロロックはエリカの後輩である涼子《りょうこ》という女性と再婚し、二人のあいだには虎ノ介《とらのすけ》という子供が生まれました。エリカたちを中心に、毎回起こる事件や騒動を描いてゆく、ミステリやサスペンス、コメディの要素を持つオムニバス・ストーリーとなっています。

さて、いきなりですが、一つ皆さまに白状しなければなりません。オムニバス・ストーリーとはいっても、ふつうなら一巻目から読みはじめるのが筋というもの。しかしながら、実は私、本作『吸血鬼と呪いの古城』から読みはじめるという禁じ手を犯してしまったのです。申し訳ありません。

とはいえ、シリーズの途中から読みはじめたにもかかわらず、作品の魅力にすぐさま惹き込まれたのは言うまでもありません。赤川さんは他の作品でも、非常に端的で読みやすい文体を駆使されていると感じていますが、今回もまさにそのとおり。状況や心情の描写に無駄がなく、すんなり物語の世界に入ってゆけました。

しかも、刈り込まれた文章というのは、どこか硬質さや厳しさを感じさせるものというイメージがありましたが、赤川さんのそれはむしろ真逆で、語って聞かせてくれているようなあたたかみを感じるのです。

本作に収録されている三篇を堪能したのち、私はすぐさま一巻目の『吸血鬼はお年ごろ』を購入し、読みました。筋を通さねば、という気持ちもありましたが、それ以上にこのシリーズがどうやって始まったのか、知らないと居ても立ってても居られなくなったからです。

そんなこんなで『吸血鬼はお年ごろ』を読んでまず感じたのは、もちろん赤川さん一流のスタイルは最初から確立されていたのですが、『吸血鬼と呪いの古城』の方がさらに洗練され、よりシンプルな表現になっている気がするぞ、ということでした。

もともとこちらのシリーズは、集英社コバルト文庫という若い方向けのレーベルで刊行されていたものですから、メインターゲットを考えると、文体が平易であるというのはとても大事なことでしょう。しかしながら、ここまで刈り込んでなおユーモラスであるというのは、赤川さんの作品以外ではなかなか成しえないことなのではないでしょうか。

またキャラクターたちもとても個性豊かで、私は個人的に、フォン・クロロック氏がお気に入りになりました。彼はトランシルヴァニア出身の正統な吸血鬼なのですが、そのいかにもな経歴と外見とは裏腹に、実に人間味のあるキャラクター。お高くとまっている印象はまったくなく、むしろどこか庶民的な向きすらあります。新聞を読んで世相をチェックし、テレビでアニメを楽しみ、不景気だからタクシーには乗らないとぼやく。そのチャーミングさと、吸血鬼としての能力の高さのギャップにきゅんとします。

エリカの友人二人もいい個性をしていて、三人の掛け合いの軽妙さが、読み手をまったく飽きさせません。

しかし、そのあたたかく軽妙な雰囲気の中、描かれる事件はむしろシリアスでダークなものも多い。そこがもっとも好きです。私は幼いころから、それこそ吸血鬼や超能力といった、ファンタジー、オカルトものに目がありませんでした（だからこそ、もっと早くにこのシリーズに出会いたかったなあ）。今作だけでも、予知夢や過去の声、別の吸血鬼との戦いなど、垂涎《すいぜん》ものの要素が多数登場します。

日常の裏側や外側に、ふと顔をのぞかせる非日常。私が読書にはまったのは、そうした「もしかしたら」を感じるドキドキに病みつきになったからでした。

まだ数冊しか読んでいない私が全体の魅力について語るのはおこがましいと思い

つつ、個人的には、「文体」「キャラクター」「ストーリー」という、エンターテインメント小説を構成する三代要素のいずれもが、やさしく、あたたかく、時に恐ろしく共存しているところが、「吸血鬼はお年ごろ」シリーズの素敵な点の一つだと思います。

と、あれこれ語ってきましたが、そろそろ本作の内容について書いていくことにしましょう。以下、ネタバレを含みますので、ぜひ本篇をお読みでない方はそちらからお願いいたします。

まずは「吸血鬼も夢をみる」。エリカとクロロックの親子が、予知夢を見る高校生・亜紀《あき》と出会います。彼女の父・和正《かずまさ》はひと回り以上若い智子《ともこ》と一年前に再婚したばかり。「健康のため」という理屈でまずいジュースを飲まされ、眠りについて見た夢は、父が黒い犬に襲われるというもの。亜紀は困惑し、エリカに相談を持ちかけるのですが……。

予知夢という超常的な題材を扱いつつも、人間の醜い部分を丁寧に描いた一篇です。最初からエリカたちが登場する他二篇とは異なり、亜紀が友人に夢のことを話し、現実に事件が起こるという、映像的な冒頭がとてもスタイリッシュでした。しかも予知夢の中では、災厄は「怪獣」や「黒い犬」などに変換され、実際何が起こるのかはその瞬間までわからないというサスペンス要素もあり、はらはらしながら読み終えました。

続いて表題作「吸血鬼と呪いの古城」。

呪いの古城というといかにもゴシックな印象なので、クロロックの故郷であるヨーロッパが舞台のストーリーかと思いきや、「戦国ブーム」を題材にしたシニカルなストーリー。ドラマで話題になった武将のゆかりの地に、エリカたち三人は格安バスツアーで訪れます。

しかし、お城は最近急拵《きゅうごしら》えで建てられた「新しい古城」で、肖像画もドラマの俳優に似せて描いただけ。うんざりしながらもなんとか楽しみを見つけ出そうとする一行は、父クロロックと遭遇します。妻である涼子さんに、「エリカさんだけ温泉なんてずるい！」と言われたのだとか。

みんなと別れ、雑木林を散歩していたエリカは、「助けてくれ……」という誰かの声を聞きます。けれどどこにも声の主はいません。クロロックに尋ねると、それは「過去の声」だと言われて……。

明かされる残酷な真実と素晴らしいオチに、たしかにこれは表題作になる一篇だなと感じ入りました。この軽さと重さのバランス感覚が絶妙なのです。

そして「吸血鬼と揺れる大地」。エリカの大学の友人・美也子《みやこ》の暮らす山奥の小さな町が、ある日地震に見舞われます。しかし町で唯一の雑貨店を営む彼女の父・岩口圭介《いわぐちけいすけ》は、それを逆手にとって大儲け。赤坂や六本木で遊ぶようになってしまい、〈六本木の神話〉と呼ばれる実業家・成田《なりた》にクラブの支配人になる話を持ちかけられるまでに。

はじめは不安げだった美也子も、羽振りがよくなった父の影響を受け、日に日に派手好みに。そんな彼女を心配するエリカたちでしたが、実は成田にはある思惑があって……。

各々《おのおの》が欲望のために行動した結果どうなるか、というような物語で、個人的には岩口の人でなしと呼んでも差し支えないくらいの酷さが印象に残りました。それでも父と子が選んだ道はこうなるのか、と彼らの未来が気になったと同時に、オチのクロロックのいつもどおりっぷりにはくすりとさせられました。

こうしてまとめてみると、三篇とも「人間の欲」の愚かさや哀しみを描いているように感じます。けれどそれが押しつけがましくなりすぎないのは、やはりキャラクターと文体のポップさのなせるわざなのではないでしょうか。

文章にして思考を整理していると、ふとこんなことに思いあたりました。もしかしたら、十代のころにこのシリーズに出会っていたら、もっと表面的なところでわかったつもりになってしまっていたかもしれないな、と。エリカたちの年齢をとうに過ぎ、三十代になった今だからこそ、エンターテインメントとしてのみならず、現実と地続きかもしれない物語としても、楽しめたような気がします。

改めまして、この度は素敵な機会をくださいまして、本当にありがとうございます。願わくば、この文章が少しでも作品を広めるきっかけとなってくれますように。

さて、それでは私は、『不思議の国の吸血鬼』を読むことにしますので、このあたりで筆をおかせていただこうと思います。次はどんな展開が待っているのか、今から楽しみです。

（さいとう・そうま　声優）

この作品は二〇一〇年七月、集英社コバルト文庫より刊行されました。

集英社文庫

吸血鬼《きゅうけつき》と呪《のろ》いの古城《こじょう》

2023年2月25日　第1刷　　定価はカバーに表示してあります。

著　者　赤川次郎《あかがわじろう》

発行者　樋口尚也

発行所　株式会社　集英社
東京都千代田区一ツ橋2-5-10　〒101-8050
電話　【編集部】03-3230-6095
【読者係】03-3230-6080
【販売部】03-3230-6393（書店専用）

印　刷　大日本印刷株式会社

製　本　大日本印刷株式会社

フォーマットデザイン　アリヤマデザインストア　　マークデザイン　居山浩二

ISBN978-4-08-744493-3 C0193